寻欢作乐

CAKES AND ALE

（英）威廉·萨默塞特·毛姆／著
张　杰／译

应急管理出版社
·北　京·

图书在版编目（CIP）数据

寻欢作乐／（英）威廉·萨默塞特·毛姆著；张杰译. -- 北京：应急管理出版社，2024. -- ISBN 978-7-5237-0588-9

Ⅰ. I561.45

中国国家版本馆 CIP 数据核字第 20242159RB 号

寻欢作乐

著　　者	（英）威廉·萨默塞特·毛姆
译　　者	张　杰
责任编辑	陈棣芳
封面设计	宋双成
出版发行	应急管理出版社（北京市朝阳区芍药居 35 号　100029）
电　　话	010-84657898（总编室）　010-84657880（读者服务部）
网　　址	www.cciph.com.cn
印　　刷	三河市天润建兴印务有限公司
经　　销	全国新华书店
开　　本	880mm×1230mm$^1/_{32}$　印张　9　字数　250 千字
版　　次	2024 年 9 月第 1 版　2024 年 9 月第 1 次印刷
社内编号	20221095　　　　　　　定价　48.00 元

版权所有　违者必究

本书如有缺页、倒页、脱页等质量问题，本社负责调换，电话:010-84657880

前言

威廉·萨默塞特·毛姆，英国著名小说家、剧作家。他的代表作《人生的枷锁》《月亮与六便士》享誉世界，广为人知。实际上，能跟这两部作品比肩的，毛姆的另一部作品，也堪称经典，它就是《寻欢作乐》。这部书名取自莎士比亚戏剧《第十二夜》的台词"你以为你自己道德高尚，人家就不能寻欢作乐了吗"的小说，是毛姆一生的最爱。

很多知名艺术家或作家非常认可《寻欢作乐》。著名作家王安忆说：毛姆的风格非常坦荡，不搞任何的玄虚，这是需要底气才能做到的。哥伦比亚作家、诺贝尔奖获得者加西亚·马尔克斯和日本著名作家村上春树都很推崇毛姆和《寻欢作乐》。《寻欢作乐》能得到这些大家的一致推崇，只能说明一个问题——它确实非同凡响。

《寻欢作乐》讲的故事不算复杂：著名作家爱德华·德里菲尔德去世后，他的第二任妻子找人为他写传记。小说的叙述者"我",也就是青年作家阿申登。虽然德里菲尔德很有才华,但在"我"的记忆深处,比德里菲尔德更让人值得怀念的是他的前妻罗茜,一位热情奔放、不受礼法约束的具有很大魅力的独特女子。小说情节由此展开,描画了一个不被世俗接受,但活得自由洒脱、可爱善良的女性形象。对于当时略显保守的社会来说,这样写是非常难得的。以至于在接受采访时,毛姆坦率地说,他不怕别人怎么说,在自己的所有作品中,最推崇最喜欢的就是《寻欢作乐》。这可能跟这部作品以纯然接纳与欣赏的视角描摹至真至纯的女性有关。

在《寻欢作乐》里,毛姆从现实中取材,将虚实相结合,借故事叙述者阿申登之口,叙述了与作家德里菲尔德及其前妻罗茜的早年交往经历,而这段往事正是另一位流行小说家基尔所要挖掘的传记题材。从这些情节中,读者可依稀辨认出德里菲尔德写的是哈代,基尔写的是休·沃尔波尔,至于罗茜,看起来很像乔伊斯笔下的莫莉·布鲁姆。

本书译者张杰,为了翻译此书,在认真研读了相关中文版本的《寻欢作乐》,并仔细分析毛姆的创作背景后,才动笔翻译这部作品,前后经历了两年之久。这相对于"快速"翻译,可以说是"浪费"了太多时间,也让本作品推迟进入读者的视野,但这样做是值得的。正因为认真对待这本书,这一译本才不同于其他译本，译文更接近原著，完美再现了毛姆的行文风格。

有"人间观察家"之称的毛姆，对爱情、婚姻、女性的认知，相比于同时代作家更为清醒和进步。喜爱毛姆，万万不可错过他非常喜爱的这部情感小说。

毛姆说："我喜欢《寻欢作乐》，因为那个脸上挂着明媚可爱的微笑的女人为我再次生活在这本书的字里行间。"诚哉斯言。

目录

第一章 \ 001

第二章 \ 019

第三章 \ 037

第四章 \ 047

第五章 \ 063

第六章 \ 081

第七章 \ 083

第八章 \ 093

第九章 \ 107

第十章 \ 111

第十一章 \ 119

第十二章 \ 145

第十三章 \ 153

第十四章 \ 159

第十五章 \ 179

第十六章 \ 185

第十七章 \ 193

第十八章 \ 203

第十九章 \ 207

第二十章 \ 219

第二十一章 \ 223

第二十二章 \ 225

第二十三章 \ 231

第二十四章 \ 237

第二十五章 \ 249

第二十六章 \ 257

后记 \ 275

第一章

我注意到，如果有人打电话找你，恰巧你不在，他们就会留言说有很重要的事找你，让你一回来就尽快回电话，这件事大多对他们来说至关重要，而于你并没那么重要。要是给你送礼或者给你帮忙，他们不会那么十万火急。于是，当我回到住处，刚喝了杯小酒、抽了根烟、读了会儿报纸，还没来得及换衣服吃饭时，我的女房东费洛斯（Fellows）小姐告知我阿尔罗伊·基尔（Alroy Kear）先生希望我立刻给他回电话，我觉得大可不必理会他的要求。

"是那个作家吗？"她问我。

"是的。"

她友好地看了一眼电话。

"需要我给他回个电话吗？"

"不用，谢谢。"

"如果他再打电话过来，我该怎么说？"

"请他留言。"

"好的,先生。"

她噘着嘴巴,拿起了空吸管瓶,扫视了一下房间,看看是否整洁,然后就走了。费洛斯小姐极其爱看小说。我敢肯定她看过罗伊的所有书。她并不认同我对罗伊的怠慢,说明她对他的书有敬佩之意。当我再次回家时,我在餐具柜上发现了一张她写的便条,字迹很粗,清晰可辨。

"基尔先生打了两次电话。问您明天中午能跟他一起吃午饭吗。如果明天不行,哪一天有时间?"

我扬了扬眉。我已经有三个月没见到罗伊了,上次聚会也只见了几分钟。他还是一如既往地友好,分别时,他对我们很少见面感到由衷的遗憾。

"伦敦太大了,"他说,"总是很难见到想见的人。下周哪一天我们一起吃午饭吧,可以吗?"

"可以。"我回答。

"我回家后看看我的记事本,然后给你打电话。"

"好的。"

我和罗伊相识已有二十年了,当然知道他总是在马甲左上角的口袋里放着一个小本子,里面记录着他的约会情况。因此,我再未收到他的信息,并未感到惊讶。现在他这么急着见

第一章

我，让我不由自主地想到他是出于某种目的。睡前我抽了一斗烟，脑子里反复思考罗伊邀我吃午饭各种可能的原因。可能是他的一位女性仰慕者缠着他想要与我结识，或是一位美国编辑会在伦敦逗留数日，希望罗伊为他牵线搭桥。但我可不能冤枉我这位老朋友，他自会有办法应对这样的情况。何况，他让我自己选定日子，那么他想让我去见其他人似乎不太可能。

没人能像罗伊那样对一个家喻户晓的同行小说家那么坦诚友好，但当这位小说家因懒惰、失败或他人的成功而让自己臭名昭著时，也没人比罗伊对他更加冷漠。对一个作家来说，一生难免会经历起起落落，我非常清楚，此刻我还没有声名鹊起。很明显，我本可以找个不得罪罗伊的借口婉拒他的邀请，但他是个很执着的人，如果他带着某种目的决意要见我，我知道除非我直截了当地说一句"滚开"，否则不会打消他的念头。但我对罗伊邀我吃饭的目的深感好奇，而且我与罗伊交情很深。

我用赞赏的目光看着他在文学界崭露头角。对于刚开始追求文学的年轻人来说，罗伊的职业生涯很可能成为他们的典范。在我同时代的人当中，我想不出还有谁可以靠如此平庸的天赋就取得了如此显赫的地位。这如同聪明人日常需要服用一汤匙的麦胚食品，罗伊可能需要满满一大汤匙。罗伊完全意识到了这一点，他凭借这点天赋创作了三十部书，有时候他自己都觉得简直是个奇迹。我不禁想到，查尔斯·狄更斯（Charles Dickens）在一次餐后演说中提到，天才是一种无限承受痛苦的能力。罗伊第一次读到这段话时，必然从中看到了启示的光芒。他反复推敲这句话。如果事实如此，他必定会自我暗示，他可以像其他人一样成为天才；当一位女性评论家使用了"天才"这个词（最近评论家经常使用这个词）点评他的作品时，他必定会像一位苦思许久才完成纵横字谜游戏的人那样，满意地长舒一口气。凡是多年来注意到他不知疲倦、勤奋努力的人都不会否认，无论如何，他当之无愧是个天才。

罗伊一开始就有一些优势。他是家中的独子，他的父亲是一位公职人员，在香港任职多年，最终以牙买加总督的职位结束了职业生涯。当你翻看《名人录》（Who's Who），在书中搜寻阿尔罗伊·基尔的名字时，你会发现以下条目：雷蒙德·基尔（Raymond Kear）爵士和埃米莉（Emily）的独生子，其父荣获了圣米迦勒及圣乔治勋章和维多利亚勋章，其母为已故印度军队陆军少将珀西·坎珀唐（Percy Camperdown）的幼女。他曾先后在温彻斯特和牛津大学新学院就读，在学校担任过学生会主席。要不是不幸得了麻疹，他很可能成为校赛艇队成员。他的学术生涯并不那么优秀出众，但还算不错，他大学毕业时，未欠下任何债务。罗伊从那时起就养成了节俭的习惯，

第一章

避免不必要的花销，他是一个好儿子。他知道父母让他接受如此昂贵的教育，意味着他们要做出一些牺牲。他的父亲退休后租了一套简朴但不破旧的房子，靠近格洛斯特郡的斯特劳德，但偶尔也到伦敦去参加与其管理的殖民地有关的官方宴会，每逢这些场合，他还常常去拜访文艺协会，因为他是该协会的会员。正是通过这个协会一位老朋友的推荐，他才得以让他从牛津大学毕业的儿子，成为一位政客的私人秘书。这位政客曾在两届保守党政府担任国务大臣，因为做蠢事出丑，后来被封为贵族。因此，罗伊在年轻时就能接触到上流社会。他充分利用一切机会。那些仅仅通过画报了解上层社会的人会出现有损作品的错误，但你绝不会在罗伊的作品中发现这些错误。他清楚地知道公爵之间应该怎样交谈，也知道国会议员、律师、赌注登记人和贴身男仆分别应该怎样与公爵交谈。在他的早期小说中，他以欢快洒脱的口吻描写总督、大使、首相、王室成员和贵妇，令人着迷。他友好而不居高临下，亲切而不无礼。他并不会让你忘记书中人物的高低贵贱，但能让你舒适地感受到他们和我们一样都是血肉之躯。由于流行趋势，贵族的所作所为不再是严肃小说的合适题材，我一直觉得这是一种遗憾。罗伊对时代的趋势一直很敏感，在他后来的小说中，他的作品不得不局限于律师、注册会计师和产品经纪人的精神冲突中。他在创作这些题材时没有之前那么游刃有余。

我认识他时，他刚辞去秘书职务，开始专心从事文学工作。当时他是一个优秀、正直的年轻人，他不穿鞋就有六英尺高，体格健壮，肩膀宽阔，举止自信。他并不英俊，但有一种令人舒适的男子汉气概。他有一双大大的蓝眼睛和一头浅棕色的卷发，鼻子又短又宽，下巴方方正正。他看上去诚实、干净、健康，有点儿运动员的风范。他早期作品对人与猎狗赛跑进行了生动、准确的描写，任何读过的人都深信他是根据个人经历写的。前不久，他时不时想离开书桌去打猎。在他出版第一部小说时，当时的文人为了显示自己的男子汉气概，喝啤酒、打板球，多年来，几乎每个文学板球队中都有他的名字。我完全不知道为什么这个特殊的群体不再辉煌，他们的作品不再受到关注。尽管他们还在打板球，但他们的文章难以发表。罗伊多年前就不再打板球了，开始爱好品尝红酒。

罗伊对自己创作的第一本小说非常谦虚。这篇小说短小精悍，文笔优美，而且和他后来创作的所有作品一样，无可指摘。他把这本书送给了当时所有的先锋作家，并附上了一封信，信中他告诉所有人自己是多么钦佩他们的作品，是怎样从他们的研究中获益颇多，尽管相距甚远，但他依旧热切地渴望沿着他们所开辟的道路前行。他把自己的书赠送给一位伟大的

第一章

艺术家,作为一个初入文坛的年轻人向这位他一直敬仰的大师的献礼。他完全知道,让这么忙的一个人把时间浪费在一个新手微不足道的作品上,是多么鲁莽无礼,但他还是想得到他们的批评和指导。很少有人对他敷衍了事。收到信的作家受到他的奉承,写了长篇大论。他们对他的书予以赞许,许多作家还邀请他一起吃午饭。他们为他的坦率所吸引,也为他的热情所温暖。罗伊带着一种令人感动的谦卑向他们征求意见,并承诺会真心实意地遵循他们的意见,这一份真诚让人印象深刻。这些作家觉得,他是一个值得付出的人。

罗伊的这本小说大获成功。他在文学圈结交了很多朋友,没过多久,无论你去布鲁姆斯伯里、坎普登希尔,抑或威斯敏斯特参加茶会时,总能看到他给别人递面包和黄油,或者给茶杯空空的老妇人倒茶。他是那么年轻,那么率真,那么快活,别人讲笑话,总笑得那么开心,谁都喜欢他。他参加各种聚会,在维多利亚街或霍尔本一家旅馆的地下室里,和文人、年轻的律师以及穿着利伯缇[①](Liberty)绸衣、戴着珠串的女士们吃着一顿三先令六便士的晚餐,讨论着艺术和文学。不久后,人们发现他具有极高的餐后演讲天赋。他令人感到舒坦,他的作家同行、竞争对手和同时代的人甚至都不计较他的绅士身

---

① 利伯缇,一家有百年历史的英国面料品牌,专注于高档面料的设计与生产。

份。他对他们羽翼未丰的作品大加赞赏,当他们把稿子寄给他点评时,他也从不吹毛求疵。他们认为他不仅是一个好人,而且是一个公正的评论家。

罗伊写了第二本小说。他呕心沥血创作了这部作品,他从同行前辈给他的建议中获益良多。在罗伊的要求下,好几位与罗伊接触过的编辑理所当然地为他的这部作品写书评,内容自然也是奉承话。他的第二本小说也取得了成功,但还不至于激起竞争对手的愤怒和敏感。事实上,这证实了他们的怀疑,即他永远不会写出惊世之作。他是个不错的小伙子,没有加入任何派别,或其他活动。这类人很乐意帮助一个永远不会爬得太高而成为他们的障碍的人。我认识其中的一些人,他们回想起自己所犯的错误,只能苦笑一下。

但如果他们说罗伊妄自尊大,那他们就大错特错了。罗伊一直很谦逊,这是他年轻时最吸引人的特点。

"我知道我还没有成为一名伟大的小说家,"他会跟你说,"和大文豪相比,渺小的我根本无人知晓。我曾经想过有一天我能写出真正伟大的小说,但我早就不抱这个希望了。我只希望人们能说我尽自己最大的努力在创作。我在不断创作,从未允许自己出现任何纰漏。我想我可以讲出一个好故事,我可以塑造真实角色。毕竟,空谈不如实践。《针眼》(*The Eye of the*

第一章

Needle）在英国卖了三万五千册，在美国卖了八万册。我下一本书的连载版权已经让我得到了迄今为止最多的稿费。"

他至今还在给评论家写信，感谢他们对他的赞扬，并请他们一起吃午饭。如果这些都不是谦虚，还能是什么呢？不仅如此，当某人严厉批评了他的作品，特别是在他声名鹊起时，他只能忍受这些恶毒的侮辱。他并不会像大多数人一样，耸耸肩膀，对那个不喜欢我们作品的家伙进行精神侮辱，然后这件事就不了了之。罗伊会给他的批评者写一封长信，信中表示自己很抱歉让对方觉得自己的作品很糟糕，但评论本身就很有趣，而且，如果自己可以冒昧地说一句，点评表现出如此强烈的批判意识和文字造诣，他觉得必须给这位评论家写信。没人比他更迫切想要提升自己，他希望能一直学习。他无意打扰，但如果这位评论家在星期三或星期五无事可做，可以来萨沃伊与他一起吃午饭，告诉他为何觉得他的书如此糟糕。罗伊点一桌好菜的能力无人能比，一般情况下，评论家吃了半打牡蛎和一大块小羔羊肉后，要说的话也吞到肚子里了。当罗伊的下一部小说问世时，那位评论家会在新作品中看到他的巨大进步，这只是应有的结果。

人生中最大的难题就是如何对待那些曾经与他关系密切，而对他的兴趣逐渐消退的人。如果双方都处于平等状态，自然而然就会断了联系,并不会出现不愉快的感觉,但是如果其中一人取得了卓越成就,情况就会变得很尴尬。罗伊结交了许多新朋友,但并没有与那些老朋友断绝来往。他手头上的事应接不暇,但他的老朋友认为他们享有占用他时间的优先权。如果罗伊不听从,他们就会叹气,耸耸肩说:

"哎呀,好吧,我想你跟别人一样。既然你功成名就了,我早该预料到我们关系会淡了。"

如果罗伊有勇气,他当然想这么做。大多数情况下,他没有。他勉强接受了在星期天晚上和朋友一起吃饭的邀请。餐桌上摆着从澳大利亚进口的冷烤牛肉,中午烤过头了,这会儿已经冻硬了。还有勃艮第酒。他们为什么叫它勃艮第酒?他们从来没有到过博讷①,在那儿的驿站酒店住过吗?当然,谈到往日在阁楼一起吃面包皮的事情也是挺美好的,但一想到现在这间房子与阁楼神似,他们就会感到有点尴尬。当朋友讲述自己的书没有销量以及短篇小说发表无门时,你会感到有些局促不安。甚至当他把自己的剧本和正在上演的内容加以对比(此刻正用责备的眼光看着你),发现剧团经理根本没有读过他的剧本时,真的很令人难堪。你尴尬地移开目光。你会夸大自己的

---

① 博讷,法国东部城市,勃艮第大区科多尔省的一个市镇,也是该省的一个地区和副省会。

第一章

失败，好让他意识到你生活中也有困难。你提到你的作品并将其贬低得无以复加，但发现朋友对你作品的看法和你一样时，你有点儿吃惊。你说读者善变，好让他觉得你的声望不会长久，从而让他得到心理安慰。他是一位友好但严厉的评论家。

"我还未读到你最近出版的那本书，"他说，"不过我读了你之前那本书，但我忘了书名。"

你把书名告诉了他。

"我对你那本书很失望。我觉得与你之前的一些作品简直不能比。当然，你知道我最喜欢哪一本。"

在他之前，别人也曾这样点评过，所以你赶紧说出了第一本书的书名。那时你20岁，那本书写得很粗糙且直白，每一页上都写着你缺乏经验。

"你再也写不出那么好的作品了。"他由衷地说。你觉得自己整个职业生涯从那一次的成功开始就一直在走下坡路。"我一直认为你从来没有完全实现当初的雄心壮志。"

煤气炉烤着你的脚，但你的手却是冰冷的。你偷偷地看了下手表，心想要是在十点离开，你的老朋友会不会不高兴。你让司机把车停在街角不要在门口等你，免得让朋友觉得你想炫耀自己的豪车，侮辱他，但到了门口，他却说：

"在街尾你可以坐公交车。我和你一起走过去。"

你感到很恐慌,只好承认自己有车。你让司机在街角等你。他感到很诧异。你回答说这是司机的一大癖好。当你走到车旁时,朋友看着你的车,表现得很大度,还有种高高在上的感觉。你紧张不安地邀请他哪天和你一起吃晚饭。你许诺会给他写信,车开走的时候你在想,如果你邀请他去克拉里奇酒店吃饭,他会不会认为你在炫富;如果你提议去雷霆区,他会不会觉得你太小气。

罗伊·基尔并没有遇到这些困难。说他从别人那里获得了好处后,就把他们抛弃了,这听起来有点残忍。不过,要把这件事办得更巧妙一点,还得花很长时间,而且还需要对暗示、语调和隐喻进行十分微妙的调整,因此,既然已成事实,我想还是直说吧。大多数人做了不光彩的事后总会对受害者怀恨在心,但罗伊一直心怀善意,绝不允许自己这么小心眼。他可以很卑贱地利用完一个人后,以后也不会对这个人有丝毫恶意。

"可怜的老史密斯,"他说,"他是个可爱的人,我很喜欢他。可惜他越来越刻薄。我希望有人能为他做点什么。我已经有好几年没见到他了。试图再续旧情也没什么好处。这对我们两人来说都有些痛苦。事实上,人都是从脱离周围的人而慢慢成长起来的,唯一要做的就是直面事实。"

但如果罗伊在皇家学院的预展会等场合遇到史密斯,没

第一章

有人比他更热情了。他紧握着史密斯的手，告诉他见到他是多么高兴。罗伊眉开眼笑，他流露出的友好友谊，如同仁慈的太阳发出的光芒。史密斯对他的热情感到很开心，罗伊得体地说他太想写一本好书了，哪怕只能企及史密斯最近那部作品一半的高度。相反，如果罗伊觉得史密斯没有看到他，他会装作没看到，但史密斯却看到他了，史密斯对自己受到的伤害心生怨恨。史密斯很刻薄，说在之前，罗伊跟他在简陋的餐厅里共享一份牛排，和他一起在圣艾夫斯一个渔夫的小屋里度过一个月的假期，就会很开心了。史密斯说罗伊是个趋炎附势的小人，还说他满口谎言。

史密斯这么说就错了。阿尔罗伊·基尔最大的闪光点是他的真诚。没人能连续二十五年一直说谎。对任何人来说，虚伪是最难的，也是最伤脑筋的恶习，需要不断的警惕和难得的超然精神。虚伪并不像通奸和暴食一样在空闲时间就可以进行，而需要投入大量的时间和精力，还需要一种愤世嫉俗的幽默感。虽然罗伊很爱笑，但我从来不认为他有那么好的幽默感，而且我很肯定他不会愤世嫉俗。虽然我没有完整读过他的那些小说，但看了很多小说的开头，在我看来，那些厚厚的书页里都嵌入了他的真诚。毫无疑问，这是他获得稳定人气的主要原因。罗伊一直真诚地相信当时所有人都相信的东西。当他写关于贵族的小说时，他真诚地认为贵族放荡不羁，道德败坏，却有适合统治大英帝国的某种高贵和天赋。后来，当他描写中产阶级时，他真诚地认为他们就是国家栋梁。他笔下的反派人物总是邪恶的，他笔下的英雄总是英勇的，他笔下的少女总是贞洁的。

罗伊邀请奉承他作品的评论家一起吃午饭，是为了真心感谢他们的赞赏与评价；他邀请批评自己作品的评论家一起吃饭，是真诚地想提升自己。当来自得克萨斯或西澳大利亚的不知名的崇拜者来到伦敦时，他带他们去国家美术馆，不仅为了让读者得到艺术熏陶，而且为了真诚地了解他们对艺术的反应。你只要听他演讲，就会确信他是个真诚的人。

当他站在台上，穿着一件华丽的晚礼服，或在某些场合，穿着一件宽松微旧但剪裁完美的休闲装，严肃、坦率地面对听众，还带着一种迷人的羞怯时，你不禁意识到他已全身心地投入到演讲中。虽然他偶尔装出不知道该说什么的样子，但这只是为了让下句话说出来更有效果。他的声音饱满而有男子汉气概。他很会讲故事，他说的话从不单调乏味。他喜欢谈及英美年轻作家，热情地向听众介绍他们的优点，从这可以看出他的豁达。也许他讲得太多了，因为当你听了他的演讲后，你会觉得你真的了解了自己想要了解的作家的一切情况，而读他们的

第一章

书完全没有必要了。我想这可能就是罗伊被邀请到某些省城演讲后，他所谈及的作者一本书都没卖出去，而自己的作品却一直畅销的原因。他精力充沛，不仅成功地在美国四处游学，也在英国到处演讲。不管俱乐部的规模有多小，也不管因为某个以成员自修为目的而组建的社团有多么无足轻重，罗伊从不觉得花一小时不值得。他会时不时修改自己的演讲稿，整理成册，以雅致的小册子形式出版。大部分对他演讲感兴趣的人至少会在其中发现《现代小说家》(Modern Novelists)、《俄罗斯小说》(Russian Fiction)、《一些作家》(Some Writers)。很少有人能否认这些作品表现出作者对文学的真正感情和作者自身迷人的个性。

罗伊参加的活动远不止这些。他是一些组织的活跃成员，这些组织的成立是为了帮助作家获得利益，或者当他们因病或年老而陷入贫困时，减轻他们的痛苦。版权问题成为立法议题时，他总是愿意提供帮助。为了建立不同国籍作家之间友好关系而需要外派他国时，他总是欣然前往。在公开宴会上，可以指望他回答文学问题，而且他一直是接待委员会的成员，该委员会是为接待来自海外的文学名人而成立的。每场义卖会上至少有一本由他亲笔签名的书。他从未拒绝任何采访。平心而论，没有人比他更了解作家这一行的艰辛。如果通过和一个不懈努力的记者愉快交谈，就能帮他赚几个几尼[①]，他就不会残忍地拒绝。他一般会邀请采访者一同吃午饭。他几乎给每个人都留下了很好的印象。他提出的唯一条件是文章发表前他必须先看看。有些人为了让报纸读者获取信息，会不合时宜地打电话给他们，就问问他们是否相信上帝或早晨吃些什么，而罗伊接到电话时总是不厌其烦。他参加每一次研讨会，公众都知道他对禁酒、素食主义、爵士乐、大蒜、运动、婚姻、政治和妇女在家庭中的地位等问题的看法。

罗伊对婚姻的看法很抽象，许多艺术家难以协调婚姻和自己的职业追求，而他成功地避开了这种窘境。众所周知，他多年来一直对一位地位显赫的已婚女人怀有一种无可救药的爱慕之情。虽然他谈起她时总是带着谦恭和爱慕，但大家都知道，她对待他很绝情。他中期创作的小说以异乎寻常的苦涩反映了他所承受的压力。他当时所经历的精神上的痛苦，使他能够毫不冒犯地避开那些默默无闻的女士的追求。这些女士都是上流社会中"凋谢的花瓶"，愿意用一份漂浮不定的眼前生活来换取与一位成功小说家的稳定婚姻。当他在她们明亮的眼睛里看到结婚登记处的影子时，他告诉她们，他难以忘怀一生的挚爱，这让他无法和任何人建立永久的婚姻关系。他不切实

[①] 几尼，英国旧时金币或货币单位。

际的幻想可能会激怒她们，但不会得罪她们。当他想到他必须永远失去家庭生活的乐趣和为人父母的满足时，他不禁叹了口气，但他准备为了理想，也是为了可能与他同乐的伴侣做出牺牲。他注意到，人们并不想被作家和画家妻子叨扰。如果一个艺术家无论走到哪里都坚持带着妻子，只会让他变成令人讨厌的人。事实上，最终他想去什么地方，人家也不邀请他了；如果他把妻子留在家里，他回来就会受到指责，从而打破了他努力创作所必需的安宁。阿尔罗伊·基尔是个单身汉，现在已经五十岁了，很可能还会继续单身。

  罗伊通过勤劳、诚实以及手段与目的的有效结合，成为一个作家能做什么以及能达到什么高度的榜样。他是个友善的伙伴，除了那些难相处、爱挑剔的人外，没人嫉妒他的成功。我觉得想着他的形象入睡，能让我睡个好觉。我草草地给费洛斯小姐写了一张便条，把烟灰从烟斗里敲了出来，熄了客厅里的灯，然后上床睡觉。

第二章

第二天早晨，当我按铃取信和报纸时，费洛斯小姐回复了我昨晚留的便条。她告诉我，阿尔罗伊·基尔一点十五分在圣詹姆斯街的俱乐部等我。所以快到一点时，我溜达到我自己的俱乐部，喝了杯鸡尾酒。我很肯定罗伊不会请我喝的。喝完后，我就沿着圣詹姆斯街漫无目的地看着商店橱窗，由于我还有几分钟的空闲时间（我不想太准时赴约），我走进佳士得拍卖行[①]，看看有没有我喜欢的东西。拍卖已经开始了，一群肤色黝黑、身材矮小的人正在互相传递着维多利亚时代的银器，而拍卖师则带着厌倦的目光追随着他们的动作，低声嘀咕着："十先令，十一先令，十一先令六便士……"正是六月初，天气晴朗，国王街干净明亮，而佳士得拍卖行墙上的画显得有些昏暗。我走了出来。街上的人都悠闲地走着，仿佛那天的舒适安逸已经融入了他们的灵魂。在忙碌的事务中，他们想要停下

[①] 佳士得（旧译克里斯蒂）拍卖行，世界著名艺术品拍卖行之一。

来看看生活的面目,这种想法让他们自己都感到有些突然和惊奇。

罗伊的俱乐部很寂静。前厅有一个年老的门房和一个侍从。我突然感到一阵悲痛,好像俱乐部的所有成员都在参加领班的葬礼。当我说出罗伊的名字,这个侍从把我带到一条空走廊里,让我把帽子和手杖放在那里,然后又把我带到一个空荡荡的大厅,大厅里挂着维多利亚时代政治家真人一般大小的肖像。罗伊从一张皮沙发上起身,热情地和我打招呼。

"我们直接上去,好吗?"他说。

我猜对了,他不会请我喝鸡尾酒,我为自己的精明沾沾自喜。他领着我上了一段铺着厚厚地毯的豪华楼梯,一路上没有碰到一个人。我们走进了来宾餐厅,只有我们两人。这个餐厅干净宽敞,墙壁刷得很白,还有亚当式①的窗户。我们在窗边坐下,一位彬彬有礼的服务员递给我们菜单,上面有牛肉、羊肉、冷鲑鱼、苹果馅饼、大黄馅饼和鹅莓馅饼。当我顺着这张常规菜单往下看的时候,我不禁叹了口气,因为我想到了街角的餐馆,那里有法国菜、生活的嘈杂声,还有穿着夏日连衣裙、浓妆艳抹的漂亮姑娘。

"我推荐小牛肉火腿饼。"罗伊说。

---

① 亚当式,一种欧洲建筑风格。

第二章

"可以。"

"我自己来拌沙拉,"他以一种随意而又威严的口吻对服务员说,然后又一次把目光投向菜单,慷慨地说,"再来点芦笋怎么样?"

"挺不错。"

他的态度有点傲慢。

"两份芦笋,让厨师亲自挑选。你想喝些什么?来瓶莱茵白葡萄酒怎么样?我们都很喜欢这儿的霍克酒。"

我同意后,他让服务员去叫侍酒师。我很钦佩他点菜时那种命令又有礼貌的方式。那种感觉就像一位有教养的国王召见他的元帅。一位胖胖的、身穿黑衣的侍酒师,脖子上挂着显示职务的银链子,手里拿着酒单急急忙忙地进来。罗伊对他友好地点了点头。

"嘿,阿姆斯特朗(Armstrong),给我们来点二十一年的莱茵白葡萄酒。"

"好嘞,先生。"

"存酒还多不多?很多是吗?你知道的,这种酒我们不好弄到了。"

"恐怕是这样的,先生。"

"哎呀,也不要杞人忧天,阿姆斯特朗,是吧?"

罗伊对侍酒师友好地微微一笑。侍酒师凭借与会员长期打交道的经验来看,得说些什么来回应。

"是的,先生。"

罗伊笑了笑,看向我。阿姆斯特朗真有个性。

"好啦,阿姆斯特朗,把酒冰一下,不要太冰,你知道的,刚好合适就行。我想让我的客人看看我们这儿的人办事很在行。"罗伊看向我。"阿姆斯特朗在我们这儿已经工作了四十八年了,"侍酒师离开后他说,"我希望你别介意上这儿来。这儿很安静,我们可以好好聊聊。我们已经好久没有这样了。你看上去气色不错。"

他这番话让我开始注意罗伊的相貌。

"还不及你一半呢。"我回答。

"这是因为我的生活规规矩矩、朴素虔诚,"他笑着说,"多工作,多运动。你高尔夫球打得怎么样?哪天我们来打一场。"

我知道罗伊是随口说说的,浪费一天工夫和我这么一个水平不高的对手打球,对他是最没意思的事。但我觉得应承下这样含糊的邀请,也没什么不妥。他看起来很健康。一头卷发已经灰白,但很适合他,衬得他那张坦率、被太阳晒得黝黑的脸更加年轻了。他的眼睛既明亮又清澈,对世界的看法是那么真诚和坦率。他的身材不像年轻时那么修长了,所以当服务员给

第二章

我们卷饼时,他要了黑麦卷饼,我并不感到惊讶。他略微肥胖的身材反而让他多了几分威严。他说的话也更加有分量。他的动作比以前更从容一些,让人能够安心地信任他。他稳稳地坐在椅子上,几乎让人觉得他坐在一座纪念碑上。

我不知道是否如我所愿,从他与服务员的对话中可以看出,他的话通常称不上文采四溢,也不诙谐幽默,但很轻松。他笑得很开心,有时你会产生一种错觉,以为他说的话很有趣。他一直从容不迫,可以轻松地谈论时下的话题,让听众没有任何紧张感。

许多作家因为热衷于遣词造句养成了一种坏习惯,就是对话时选词过于谨慎。他们说话时不自觉地小心翼翼,不多不少,恰如其分。对于很多精神需求简单、词汇有限的上层人物来说,跟这些人交流还有些困难,因此他们总是一再犹豫后,才决定要不要和这些人交流。和罗伊交谈,从未有过这种约束感。他可以用对方听得懂的语言和跳舞的卫兵交谈,也可以用马童的语言和参加赛马的伯爵夫人交谈。他们会热情而宽慰地说他一点儿都不像作家。罗伊听到这样的赞美特别高兴。聪明人总是使用一些现成的短语(我写作的时候,"没人管"是最常见的)、流行的形容词(如"非凡的"或"害羞的")、只有生活在特定的环境中才知道其意思的动词(如"轻推"),这些词让闲聊显得更轻松、更家常化，无须过度思索。美国人是世界上效率最高的人，他们把这一技巧运用得如此完美，创造了许多精简和平凡的短语，以至于无须思考就能进行一场有趣而生动的谈话，而他们的思想就可以不受约束，从而能够考虑更重要的事情，比如大生意和淫乱。罗伊知识储备丰富，随口说出的每个词都准确无误。他滔滔不绝，却贴切恰当。他每次使用某个新词时，总是怀着某种欢快和渴望，仿佛他那想象力丰富的头脑刚刚创造出来似的。

现在他和我谈这说那，谈我们共同的朋友，谈最新的书，谈歌剧。他表现得非常轻松愉快，一直很热情，但今天他热情得让我有些惊讶。他哀叹我们不能常常见面，并说真诚是他最讨人喜欢的特点之一。跟我说他有多么喜欢我，对我的评价有多么高，我觉得我不能辜负这种友好。他问起我正在写作的书，我也问了他的书。我们告诉对方，彼此都没有得到自己应得的成功。吃完小牛肉火腿饼，罗伊告诉我如何拌沙拉。我们喝着莱茵白葡萄酒，满意地咂咂嘴。

我心想，什么时候他才能谈到正题。

我根本不相信，在伦敦社交活动最繁忙的时候，阿尔罗伊·基尔会浪费一小时和一位既不是评论家又在任何方面都

第二章

没有影响力的同行作者待在一起,不论是为了谈谈马蒂斯[①](Matisse)、俄国芭蕾舞团,还是马塞尔·普鲁斯特[②](Marcel Proust)。此外,在他欢乐的背后,我隐约感到一丝忧虑。要不是我知道他很有钱,我会怀疑他要向我借一百英镑了。眼瞅着午饭就要结束了,他还没有机会说出他想说的话。我知道他一向谨慎。也许他觉得这是久别重逢后的第一次见面,最好还是用来建立友好关系,他准备把这顿丰盛的美餐仅仅当作试探。

"去隔壁房间喝杯咖啡吧?"他说。

"随你吧。"

"我觉得那儿更舒适点。"

我跟着他来到隔壁房间,这个房间更宽敞,还有真皮扶手椅和大型沙发,桌子上摆放着报纸和杂志。角落里,两位上了年纪的绅士正在低声说话。他们带有敌意地瞥了我们一眼,但罗伊并没有望而却步,而是热情地跟他们打招呼。

"嘿,将军。"他大声说,并微微点了点头。

我在窗前站了一会儿,望着外面欢乐的情景,真希望自己能了解更多关于圣詹姆斯街的过往。我感到有些羞愧,我甚至

---

① 马蒂斯(1869—1954),法国著名画家、雕塑家、版画家,野兽派创始人和主要代表人物。
② 马塞尔·普鲁斯特(1871—1922),20世纪法国最伟大的小说家之一,意识流文学的先驱与大师。

连街对面那家俱乐部的名字都不知道,我也不敢问罗伊,生怕他因为每个体面人都知道我却不知道的事而鄙视我。他问我要不要喝咖啡时顺带喝杯白兰地,这句话让我突然回过神来。我婉拒了,但他坚持让我尝尝,他说这家俱乐部的白兰地非常有名。我们挨着样式精美的壁炉并排坐在沙发上,然后点着雪茄。

"爱德华·德里菲尔德(Edward Driffield)最后一次来伦敦时,就是在这儿和我一起吃的饭,"罗伊洒脱地说,"我也让这位老头儿尝了尝我们的白兰地,他很喜欢。上个周末我一直跟他太太待在一起。"

"是吗?"

"她多次问到你。"

"谢谢她的好意。我没想到她还记得我。"

"噢,是的,她还记得。大概六年前,你在她那儿吃过午饭,是吧?她说老头儿见到你很高兴。"

"我觉得她好像不太高兴。"

"噢,你想错了。当然,她必须得谨慎点。想见这位老头儿的人常常纠缠他,她可得为他省点力气。她总是担心他操劳过度。如果你仔细想想,她居然能让老头儿活到八十四岁,而且一直才智不凡,这多么神奇。老头儿死后,我常见到她。她

第二章

特别孤独。毕竟,她全心全意照顾了他二十五年。你知道的,就像奥赛罗①的工作。我特别同情她。"

"她还很年轻。我敢说她还会再婚的。"

"噢,不会的,她不会再婚了。如果再婚那就太糟了。"

我们抿了一口白兰地,谈话停了片刻。

"你肯定是在德里菲尔德还不出名的时候就认识他,而且是仍然在世的为数不多的人之一。有一段时间,你经常见到他,是吧?"

"见过很多次。那时我差不多还是个小男孩,他是个中年人。你知道,我们并不是知己。"

"可能不是,但你一定知道很多别人不知道的事。"

"我想是的。"

"你有没有想过写回忆他的文章?"

"天哪,没想过。"

"你不觉得你可以写写吗?他是我们这个时代最伟大的小说家之一,也是维多利亚时代最后一位小说家。他是位大人物。他的小说完全可以和过去一百年里的任何小说一样成为经典流传下来。"

"我不明白。我一直觉得这些作品很无趣。"

---

① 奥赛罗,威廉·莎士比亚戏剧《奥赛罗》中的人物,威尼斯城邦雇用的一个将军。

罗伊看着我，眼里流露出笑意。

"你怎么能这么说！无论如何，你必须承认跟你想法一样的人毕竟是少数。我不介意告诉你，我读过他的书不止一两次，有五六次，每读一次，都觉得比上次感觉更好。你看过他去世后关于他的那些文章吗？"

"看过一些。"

"观点惊人地一致，着实令人惊叹。我读了每篇文章。"

"如果那些文章说的都是一回事，这么做是不是没必要？"

罗伊心平气和地耸了耸肩，并没有回答我的问题。

"我觉得《泰晤士报文学增刊》（The Times Lit. Sup）很不错，看看会对老头儿有更深的了解。我听说季刊下一期会有好几篇关于他的文章。"

"我还是觉得他的小说很无趣。"

罗伊没有计较，笑了笑。

"当你不同意所有重要人物的意见时，你会不会有点不安？"

"有一点点吧。迄今为止，我已经从事写作三十五年了，你想象不出我见过多少受到赞赏的天才，享受一段时间的荣耀后，就消失得无影无踪了。我想知道他们怎么样了。他们死了吗？被关进疯人院了吗？还是藏在自己的办公室里？我不知道

第二章

他们会不会偷偷把书借给某个偏僻村庄的医生和老姑娘。我不知道他们是否仍然是某个意大利膳宿公寓中的伟人。

"哎呀,是的,他们好景不长。我也知道这些人。"

"你甚至还做过关于这些人的演讲。"

"这是我该做的。人们会尽自己所能帮助他们,虽然知道他们不会有任何成就。不管怎样,慷慨待人还是能够做到的。虽然如此,但德里菲尔德并不是那样的人。他的作品集共有三十七卷,最后一套在苏富比拍卖行[①]卖了七十八英镑。这不言自明。他的书销量逐年稳步增长,去年的销量最高。你可以相信我的话。上次我去德里菲尔德太太那儿的时候,她给我看了账目。德里菲尔德已经获得了大众的认可。"

"谁能说得准?"

"好吧,你觉得你可以咯。"罗伊不悦地说。

我没有生气。我知道我惹他生气了,这让我有点沾沾自喜。

"我认为我小时候形成的本能判断是正确的。当时,他们告诉我卡莱尔[②](Carlyle)是一位伟大的作家,但我难以读懂他的《法国革命》(*French Revolution*)和《旧衣新裁》(*Sartor*

[①] 苏富比拍卖行,伦敦的一家艺术品拍卖行。
[②] 托马斯·卡莱尔(1795—1881),苏格兰哲学家、评论家、讽刺作家、历史学家。

Resartus）等书，我感到有些惭愧。现在有人能读懂吗？那时我觉得我的见解肯定不及其他人，我说服自己认同乔治·梅瑞狄斯^①（Gorge Meredith）是位杰出的作家。在我心里，我发现他做作、啰唆、不真诚。现在很多人也跟我想法一样。那时，人们告诉我崇拜沃尔特·佩特^②（Walter Pater）就能证明自己是个文雅青年，所以我崇拜他，可是，天哪，他笔下的马利乌斯^③可真令我讨厌！"

"噢。好吧，我想现在没人读佩特的书了，梅瑞狄斯已经彻底垮掉了，而卡莱尔是个自命不凡的空谈家。"

"你可不知道，三十年前，他们看起来那么有名，肯定会名垂千古。"

"你从未犯过错吗？"

"有过一两次。我当时对纽曼（Newman）评价不高，还不及现在一半，而对菲茨杰拉德^④（Fitz Gerald）的那几句富有韵律的四行诗的评价要高得多。我看不懂歌德^⑤（Goethe）的《威廉·迈斯特》（*Wilhelm Meister*），但现在我觉得这是一部杰作。"

---

① 乔治·梅瑞狄斯（1828—1909），英国著名小说家、诗人。
② 沃尔特·佩特（1839—1894），英国著名文艺批评家、作家。
③ 马利乌斯，沃尔特·佩特的作品《享乐主义者马利乌斯》中的主人公。
④ 菲茨杰拉德（1809—1883），英国诗人、翻译家。
⑤ 歌德（1749—1832），德国杰出的文学家、诗人、小说家、剧作家、科学家。

第二章

"哪些作品你一直予以很高的评价?"

"嗯,《特里斯坦·沙德》(*Tristram Shandy*)、《阿米莉亚》(*Amelia*)、《名利场》(*Vanity Fair*)、《包法利夫人》(*Madame Bovary*)、《帕尔马修道院》(*La Chartreuse de Parme*)、《安娜·卡列尼娜》(*Anna Karenina*),还有华兹华斯[①](Wordsworth)、济慈[②](Keats)和魏尔伦[③](Verlaine)的诗歌。"

"如果你不介意我这么说,我认为这些作品并不是特别具有原创性。"

"我一点儿都不介意。我也认为不是。但你问我为什么相信自己的判断,我正在试着给你解释,无论我出于胆怯还是为了顺从当时的文人观点而说了什么,我并不真正欣赏某些当时大家认为深可钦佩的作家,而事情的发展似乎表明我是对的。我当时真诚、本能地喜欢的作家也和中肯的批评意见一样经受住了时间的考验。"

罗伊沉默了片刻。他往杯底看了看,我不知道他是想看看杯子里是否还有咖啡,还是想找点话说。我瞥了一眼壁炉架上的钟,再过一会儿我就该离开了。也许我想错了,罗伊邀我吃饭只是为了跟我闲聊莎士比亚和玻璃琴。我有些自责,竟把他

---

① 华兹华斯(1770—1850),英国浪漫主义诗人,曾当上桂冠诗人。
② 济慈(1795—1821),英国诗人,浪漫派的主要成员。
③ 魏尔伦(1844—1896),法国诗人,象征主义派别的早期领导人。

想得这么无情。我关切地看着他。如果他邀我吃饭的唯一目的就是闲聊,那一定是因为他感到疲倦或沮丧。如果他没有其他目的,那只能是因为至少目前他的生活太压抑了。但他发现我在看钟,又开口了。

"一个人能坚持六十年写了一本又一本书,并能吸引越来越多的读者,他身上一定有某种特质,我不明白你怎么能否认这一点。毕竟,德里菲尔德的书被译成各种文明国家的语言摆满了费恩宅第的书架。当然,我愿意承认,他写的很多东西现在看来有点过时。他在一个糟糕的时期成名,而且他有点啰唆。他书中的大部分情节是耸人听闻的,但他的作品有一种特点你必须承认:美。"

"真的吗?"我说。

"归根到底,最重要的一点就是,德里菲尔德写的每一页都流露出发自内心的美。"

"是吗?"我说。

"我们在他八十大寿那天送给他一幅画像,我真希望你也在场。那真是一个难忘的时刻。"

"我在报纸上看过报道了。"

"你知道的,那次出席的并不只有作家,那是一次极具代表性的聚会——科学界的、政界的、商界的、艺术界的,那么

第二章

一大批杰出人物从黑马厩镇火车站的火车上下来的场景真的很难见到。当首相向老头儿颁发勋章时，场面非常感人。他作了一次动人的演讲。我不介意告诉你那天很多人眼里都含着泪。"

"德里菲尔德哭了吗？"

"没有，他异常冷静。他与往常一样，有些害羞局促，你知道的，也很安静，举止彬彬有礼，当然也心怀感激，但又有一丝冷漠。德里菲尔德太太不想让他过度劳累。我们去吃午饭时，德里菲尔德待在书房里，她用托盘给他送了些东西进去。大家喝咖啡时，我溜出去了。他一边抽着烟斗，一边看着那幅画像。我问他对此有何看法。他不肯告诉我，只是微微一笑。他问我是否可以把假牙取出来，我说，还不行，代表团马上就要来跟他道别了。然后，我问他是否觉得那一刻很美好。'难搞，'他说，'非常难搞。'我想其实他已经精疲力竭了。他晚年吃相很邋遢，抽烟也是——他在装烟斗的时候把烟丝撒得满身都是。德里菲尔德太太不喜欢别人看见他这个样子，不过她当然不介意我看到。我帮他整理了一下，然后大家都进来和他握手告别，之后我们就回城了。"

我站了起来。

"好啦，我真的该走了。这次见面我很高兴。"

"我正要去莱斯特画廊看预展。我认识那里的人。如果你也想去，我可以带你进去。"

"谢谢你的好意，他们给了我一张请帖。不过我不想去。"

我们一起下楼，我拿回了我的帽子。走出俱乐部，我就转向皮卡迪利大街，罗伊说：

"我送你到街头，"他紧跟我的步伐，"你认识他的第一任妻子吧？"

"谁的？"

"德里菲尔德的啊。"

"噢！"我都忘了还在说他，"认识。"

"关系好吗？"

"挺好的。"

"我觉得她有点糟。"

"这个我倒是没印象。"

"她一定非常普通。她是个酒吧女招待，是吧？"

"是的。"

"我真想不通为什么他会娶她。我一直觉得她对他不忠。"

"非常不忠。"

"你还记得她长什么样吗？"

"还记得，记得非常清楚，"我笑着说，"她长得很甜美。"

罗伊也笑了下。

第二章

"你对她的印象可不一般啊。"

我没有接他的话。我们走到皮卡迪利大街，停了下来，我向罗伊伸出了手。他同我握了握手，但我觉得他没有平常那么热情。我觉得他对这次见面有些失望，我想不出来理由。无论他想让我做些什么，我都没做，因为他压根没给我任何暗示。我缓缓穿过里兹旅馆的拱廊，沿着公园的栏杆漫步，一直走到半月街对面，我心想自己的态度是否比平时更冷峻。很明显，罗伊觉得现在请我帮忙不太合适。

我沿着半月街继续走。这条街与皮卡迪利大街的喧闹相比，显得十分寂静，令人愉悦。这儿宁静且宽敞。大部分房子是出租公寓，但不是通过粗俗的广告卡片宣传出租。有些房子上挂着一块锃亮的黄铜牌子，就像医生诊所的牌子，上面写着出租；有些房子在扇窗上整齐地写着"公寓"两个字。有一两家特别谨慎，只写了房主的名字，如果不了解，还以为是裁缝铺或者当铺。杰明街也出售房子，但这儿的交通却没有杰明街那么堵塞，但时不时会有一辆无人看管的漂亮汽车停在某个门口，偶尔在另一个门口会有一位中年女士从一辆出租车上下来。你会感觉住在这儿的人没有杰明街上的人快乐，也没那么不体面。那里赛马人大早上醒来，还有些头疼，就要喝酒缓解宿醉；而这里的女人都是从乡下来的正派女人，她们为了参加伦敦社交季在这儿逗留六个星期，还有一些高等俱乐部的老绅士也住在这儿。你会觉得他们年复一年来到同一住所，也许房主在私人府邸工作的时候就彼此认识了。我的房主费洛斯小姐在某些高等场所做过厨师，但你如果没有看到她在牧羊人市场上买东西，你完全猜不到她还做过厨师。她和人们想象中的厨师不一样，不是那种身材臃肿、红着脸庞、不修边幅的样子。相反，她身材瘦削，很挺拔，穿着整齐且时尚，是个性格坚决果断的中年妇女。她涂着口红，戴着一副眼镜，办事认真、文静，有些愤世嫉俗，而且花钱如流水。

我的住所在一楼。客厅贴的是老式大理石纹纸，墙上挂着浪漫场景的水彩画，画的是骑士向他们的夫人告别，还有古代的骑士在庄严的大厅里参加宴会等。房间里的花盆里种着大型蕨类植物，扶手椅上铺着褪色的皮革。房间里弥漫着十九世纪八十年代的欢乐氛围。每当我看向窗外时，我希望能看到私人双座马车，而不是克莱斯勒牌汽车。房间里挂着棱纹平布的深红色窗帘。

第三章

那天下午我还有很多事要处理,但我和罗伊的聊天和前天的回忆,使我的思绪在回忆的道路上漫步,人尚未老去,怀旧感却寄居在心上,我不知道为什么,走进房间时,这种感觉比平时更强烈,好像所有曾经在我的住处住过的人统统向我压过来,他们的行为举止已经过时,穿着奇装异服,男人留着络腮胡子,穿着长礼服,女人穿着裙撑和荷叶边裙。不知道是我想象的,还是真的听到了伦敦的喧闹声(我住在半月街的尽头),这种喧闹声和六月晴朗的日子里的那种美(今天何其美丽、贞洁和充满活力①),给我的遐想增添了一种不太痛苦的辛酸。我感觉过去的一切似乎已经失去了真实性,好像戏剧中的某个场景,而我正坐在黑乎乎的剧场楼座后排观看。随着这场戏的继续推进,眼前的一切都显得更清晰了。我眼前的这幅场景并

---

① 原文为:Le vierge, le vivace et le bel aujourd'hui。出自法国象征主义诗人、散文家斯特芳·马拉美的《天鹅》。

不像我们的生活那样,重重叠叠的印象渐渐模糊了它的轮廓。我的回忆都是清晰明确的,就像维多利亚时代中期一位勤奋艺术家的风景油画那般明亮、清晰。

我觉得现在的生活比四十年前更有趣,人们也更和蔼可亲一些。那个时候也许更令人敬仰,拥有更多的美德,更丰富的知识,但我并不知道是不是真的。我只知道他们很难相处,很能吃,大多数人喜欢酗酒,很少运动。他们的肝脏都出了问题,消化系统受损,动不动就生气。我说的并不是伦敦,因为我小时候并不了解伦敦,也不是那些打猎和射击的达官贵人,而是说的乡下人,以及那些谦虚的人,拥有小笔财富的绅士、牧师、退休军官等诸如此类当地社区中的人。他们的生活枯燥无味,简直让人难以置信。那儿没有高尔夫球场,几户人家会有一个网球场,基本上不怎么维护,打球的都是年轻人。在集会厅每年会举办一次舞会,自备马车的人会在下午出去兜风,其他人都去"健身散步"!你可以说,即便有很多娱乐活动他们没听说过,但他们并不感到遗憾;在偶尔举办的小型娱乐活动中,他们会制造一些小乐趣(茶话会要求人们自备节目,唱几首莫德·瓦莱丽·怀特和托斯蒂的歌)。白天很漫长,枯燥无味。那些永远必须住在相距不到一英里的人总是吵得不可开交,二十年来,即便在镇上天天碰到,也不搭理彼此。他们虚

第三章

荣、固执、古怪。这种古怪的性格也许是由这种生活造就的。那时的人们与现在不太一样,他们因自己的个性而小有名气,但他们并不好相处。也许我们有些无礼和淡漠,但我们并不会排斥彼此,也没有过去人们的那种怀疑。我们的举止虽不讲究,但对人友善。我们更愿意互相谦让,不那么固执己见。

我和叔叔婶婶住在肯特郡一个靠海小镇的郊区。这个地方叫作黑马厩镇,我的叔叔是一位教区牧师。我的婶婶原籍德国,她出生在一个没落的贵族家庭。她嫁给叔叔时带的唯一嫁妆就是一张十七世纪的一位祖先制作的镶花写字台和一套玻璃杯。我来到他们家时,玻璃杯已经所剩无几,被当作装饰品放在客厅里。我很喜欢上面刻的厚重纹章①。我不知道上面有多少图案,婶婶一本正经地向我讲解,纹章上的框架都很精致,皇冠上露出的羽饰具有浪漫主义色彩。婶婶是一个朴素的老太太,性情温和、慈爱,尽管和一个不起眼的牧师结婚三十多年,除了他的津贴外,收入很少,但她并没有忘记自己的高贵出身。一位来自伦敦的银行家,在当时金融界名扬四海,租下了邻居的房子过暑假。我叔叔去拜访了他(我想主要是为了给助理牧师协会筹款),但我婶婶却不愿意,因为她觉得银行家是个生意人。人人都知道婶婶不是个势利眼,大家完全接受她

---

① 纹章,一种按照特定规则构成的彩色标志。

的做法。这个银行家的小儿子跟我一般大，我忘记了是怎么跟他认识的。我还记得，当我问叔叔、婶婶是否可以把他带到家里玩时，还引发了一场争论。最后他们不情愿地答应了，但不允许我去他家。婶婶说，不然下次我就该去煤贩子家里了。叔叔说了句：

"交友不慎，有损风度。"

银行家每个星期天的早上都要去教堂做礼拜，他总是在盘子里放半英镑，但如果他认为自己的慷慨给人留下了好印象，那他就大错特错了。整个黑马厩镇的人都觉得他满身铜臭。

黑马厩镇只有一条通往大海的蜿蜒长街，街两旁是许多两层小楼房，其中很多房子是住宅，但也有一些商铺。这条主街分出几条小街，都是新修的，一边延伸至村里，一边延伸至沼泽。港口周围是一排排蜿蜒的小巷。运煤船把煤从纽卡斯尔运到黑马厩镇时，港口顿时就热闹起来了。当我长大了可以独自出门时，我常常在那儿晃荡好几个小时，看着那些穿着运动衫、邋里邋遢的粗人卸货。

我第一次见到爱德华·德里菲尔德就是在黑马厩镇。当时我十五岁，正从学校回家过暑假。到家的第二天早上，我拿着毛巾和泳裤就往海滩上去了。万里无云，天气炎热，北海的海水却给它增添了一种令人愉快的味道，因此，只要住在这儿，

第三章

呼吸空气都是一种乐趣。冬天，为了尽可能少地暴露在刺骨的东风里，黑马厩镇的居民总是匆匆走过空旷的街道，把自己裹得紧紧的。但现在他们却在闲逛，三五成群地站在"肯特公爵"以及"熊和钥匙"这两家商铺中间的空地上。你会听到他们用东盎格鲁语交流的嗡嗡声，有点拖沓，口音可能很难听，但可能是习惯了，我反倒发现有一种悠闲的魅力。他们看起来气色很好，一双蓝眼睛，高颧骨，还有一头明亮的头发。他们看上去干净、坦诚、朴实。我觉得他们可能并不聪明，但都忠厚老实。他们看起来很健康，虽然个子不高，但大部分人都很强壮和活泼。以前，黑马厩镇上的车辆很少，除了医生的双轮马车和面包师的轻便马车外，站在路边聊天的那群人基本上不用让路。

路过银行时，我走进去向经理问好，他是我叔叔的教会委员。当走出银行时，我遇到了我叔叔的助理牧师。他停下来和我握手，和他一起散步的那个人我不认识。助理牧师没有向他介绍我。那个人身材矮小，留着胡子，打扮得很花哨，穿着一套亮棕色的灯笼裤套装，裤子有点紧，下面穿着深蓝色的长袜和黑色的靴子，头上戴着圆顶毡帽。灯笼裤在那时还不常见，至少在黑马厩镇还没流行起来。我还小，刚从学校毕业，立刻就觉得这个家伙是一个无赖。但在我和助理牧师聊天时，那个男子友好地看着我,淡蓝色的眼睛里带着微笑。我觉得他巴不得也加入我们的聊天中。我装出一副傲慢的样子。我可不想冒险跟这个穿灯笼裤像猎场看守似的家伙说话,我讨厌他和蔼可亲、一副自来熟的样子。我自己穿得很得体,白色法兰绒裤子,一件蓝色运动上衣,胸前口袋上别着校徽,头戴一顶宽边的黑白草帽。助理牧师说他必须得走了(幸好,因为我一直不知道在街上碰到熟人如何脱身,当我寻找机会无法开脱时,我只好忍受那种羞愧的痛苦),但他说下午要到牧师公馆来,要我告诉叔叔。我们道别时,这位陌生人点了下头,还笑了笑,但我给了他一个冷漠的眼神。我猜他是个避暑游客。在黑马厩镇,我们从来不和这些游客打交道。我们觉得伦敦人很粗鲁。我们说,每年都有那么多乌合之众从伦敦来这儿可真糟糕,不过,对商人来说,这当然是件好事。然而,九月结束,黑马厩镇又恢复了往日的平静,就连商人也觉得稍稍松了一口气。

我回家吃晚饭时,头发还没干透,紧贴着我的头。我告诉叔叔,我遇见了助理牧师,他下午要来家里一趟。

"谢泼德(Shepherd)老太太昨晚死了。"叔叔解释说。

助理牧师叫盖尔威(Galloway)。他身材瘦高,长得很难看,一头乱蓬蓬的黑发,小脸又黑又黄。我猜他年纪不大,但对我来说,看起来像个中年人。他说话语速很快,喜欢做很多

第三章

手势。这让他看起来很古怪,要不是他精力旺盛,我叔叔是不会留下他的,而且我叔叔极其懒惰,很高兴有人帮他分担这么多的工作。办完了事之后,盖尔威先生进来向我婶婶问好,婶婶请他留下来用茶点。

"今天早上和你一起的那个人是谁?"他坐下时,我问了句。

"噢,那是爱德华·德里菲尔德。我没有向你介绍他,因为我不确定你叔叔是否想让你认识他。"

"我觉得没必要。"我叔叔说。

"为什么,他是谁?他不是黑马厩镇的人吧?"

"他出生在这个教区,"我叔叔说,"他父亲是沃尔夫(Wolfe)老小姐费恩宅第的管家。但是他们都不是国教教徒。"

"他和黑马厩镇上的一个姑娘结婚了。"盖尔威先生说。

"是在教堂举办的婚礼吧,"我婶婶说,"她真的是铁路纹章酒吧的女招待吗?"

"她看着就像那样的人。"盖尔威先生笑着说。

"他们会在黑马厩镇长住吗?"

"会吧,我觉得他们会。他们在公理会教堂所在的街道上租了一栋房子。"助理牧师说。

当时在黑马厩镇,尽管新街道都有名字,但没有人知道,也没人用过。

"他来教堂做礼拜吗?"我叔叔问。

"其实我还没跟他聊过这些,"盖尔威先生说,"他受过高等教育,你知道的。"

"我几乎不敢相信。"我叔叔说。

"我听说他在哈弗沙姆学校就读过,获得过很多奖学金和奖品。他还在瓦德汉学院①获得过奖学金,但他去当了水手。"

"我听说他非常莽撞。"我叔叔说。

"他看起来不像水手。"我说。

"噢,他好几年前就不做水手了。从那以后,他从事过很多职业。"

"样样都懂,无一精通。"我叔叔说。

"我听说现在他是位作家。"

"作家这个职业也不会长久。"我叔叔说。

我从未认识过作家,对此很感兴趣。

"他写了些什么?"我问,"写书?"

"我觉得是的,"助理牧师说,"还有一些文章。去年春天他发表了一部小说。他答应借给我看看。"

"我要是你,就不会把时间浪费在这些毫无价值的东西

---

① 瓦德汉学院,英国牛津大学学院之一。

第三章

上。"我叔叔说,他除了《泰晤士报》和《卫报》外,没看过其他东西。

"那本小说叫什么名字?"我问。

"他告诉过我书名,但我忘了。"

"不管叫什么,你都没必要知道,"我叔叔说,"我坚决反对你看这种垃圾小说。这个暑假,你最好待在户外活动。我猜你还有暑假作业吧?"

我有作业。作业就是读《艾凡赫》(*Ivanhoe*)。十岁时,我就读过这本书。一想到还要再读一遍并以此为素材写篇文章,我就心烦意乱。

想到爱德华·德里菲尔德后来取得的伟大成就时,想起在我叔叔的餐桌上谈论他的情景,我不禁想笑。他去世后不久,他的仰慕者要将他葬在威斯敏斯特教堂,我叔叔的继任牧师已经换了两届,黑马厩镇的现任牧师写信给《每日邮报》(Daily Mail),信中指出,德里菲尔德出生在这里的教堂,在这里度过了漫长的一生,特别是在他生命的最后二十五年,他一直住在附近,并且他最著名的一些书也是以这里为背景创作的。他的尸骨只能长眠于墓地里那些肯特郡榆树底下,他的父母就安葬于此。有点草率地拒绝了把他葬于此地的要求,德里菲尔德太太给报界写了一封很严肃的信。她在信中表示,她相信把丈夫葬在他所熟悉和深爱的淳朴的人们中间，是实现他最大的愿望，那时黑马厩镇的人才松了一口气。除非如今黑马厩镇的名流与我的时代相比有了很大的变化，否则我相信他们不会很喜欢"淳朴的人们"这个说法。不过，后来我才知道，他们一直不能"忍受"第二位德里菲尔德太太。

第四章

令我惊讶的是,在我和阿尔罗伊·基尔共进午餐的两三天之后,我收到爱德华·德里菲尔德遗孀的一封信。

亲爱的朋友:

我听说你和罗伊上个星期聊到了爱德华·德里菲尔德,我很高兴听到你对他的称赞。他过去常常跟我提到你。他特别欣赏你的天赋。当你和我们一起吃午饭时,他见到你特别开心。我想知道你是否有他写给你的信,如果有,你是否能让我抄写一些。如果你能过来和我待两三天,我会特别高兴。我现在过得很清静,一个人独自生活,你方便的时候就过来吧。再次看到你我会很高兴,会跟你一起谈论过去的日子。我想请你帮我做一件特别的事,我相信,看在我亲爱的亡夫的分上,你不会拒绝的。

谨启
艾米·德里菲尔德

我只见过德里菲尔德太太一次,她只是稍微引起了我的兴趣;我并不喜欢被称呼为"亲爱的朋友",单凭这一点就足以让我拒绝她的邀请;这个邀请还有一点激怒了我,那就是不管我找多么巧妙的借口,我不去的原因都很明显,那就是我不想去。我并没有德里菲尔德写给我的信。我想多年前他给我写过一些简短的便条,但是那时他还是个默默无闻的三流作家,即使我曾经保留过信件,我也决不会保留他的信。我怎么会知道他现在会被称为最伟大的小说家?我犹豫了一下,因为德里菲尔德太太说她想让我帮她做件事。这肯定是件麻烦事,如果我能做到,但是不帮她,岂不是太无礼了,毕竟她的丈夫是位非常杰出的人物。

这封信是随第一班邮件送来的,吃完早餐后我就给罗伊打了电话。我一提我的名字,他的秘书就把电话转给了他。如果我在写侦探小说,我会立刻怀疑有人在等我的电话,而罗伊那有力的招呼声证实了我的怀疑。谁也不可能一大早就这么高兴。

"我希望没有吵醒你。"我说。

"天哪,没有!"他那开朗的笑声在电话里回荡,"七点我就起来了,在公园骑了一会儿马。我正准备去吃早餐,来和我一起吃吧。"

第四章

"我跟你关系很好,罗伊,"我回答说,"但我觉得你并不是那种能和我一起吃早餐的人。此外,我已经吃过了。听我说,我刚收到德里菲尔德太太的一封信,她让我去她那儿住一阵。"

"是的,她告诉我她会邀请你。我们可以一起去。她有一块儿很大的草地球场,而且她热情好客。我觉得你会喜欢的。"

"她想让我做什么?"

"呀,我觉得她想亲自告诉你。"

罗伊的声音柔和,就像我想象的那样,好像他在告诉一位准父亲,他的妻子即将满足他的愿望。但这对我不起作用。

"别开玩笑了,罗伊,"我说,"我是个老油条了,可不容易上当。快说是什么事吧。"

电话那头沉默了一会儿。我感觉罗伊不喜欢我这么说话。

"今天早上你忙吗?"他突然问,"我想来看看你。"

"好吧,来吧。我一点后才有事。"

"我大约一小时后到。"

我挂了电话,重新装上烟斗。我又看了眼德里菲尔德太太的信。

我清楚地记得德里菲尔德太太提到的那次午餐。当时我正在离特坎伯里不远的地方和霍德马什夫人度周末。霍德马什夫人是位聪明又漂亮的美国人，嫁给一个才疏学浅、缺乏风度、爱运动的准男爵。也许是为了缓解家庭生活的单调乏味，霍德马什夫人习惯招待与艺术有关的人物。各种人出席了她的聚会，充满着欢声笑语。贵族和绅士带着一丝惊讶和不安的敬畏与画家、作家和演员们交流。至于这些被热情邀请的人，霍德马什夫人没有读过也没有看过他们的作品，但喜欢他们的陪伴，喜欢置身艺术圈的感觉。在一次聚会上，他们碰巧谈到她的邻居，也就是赫赫有名的爱德华·德里菲尔德，我提到我曾经和他很熟。星期一客人就要返回伦敦了，霍德马什夫人提议我们那天和德里菲尔德一起吃午饭。我有些犹豫，因为我已经有三十五年没见过德里菲尔德了，我不相信他还记得我；如果他记得我（虽然我把这些话藏在心里），我相信这也不是件愉快的事情。但当时斯卡利昂勋爵（Lord Scallion）也在场，他非常喜欢文学，没有按照人与自然的法则治理这个国家，而是将精力投入到侦探小说的创作中。他充满好奇，非常想见德里菲尔德，霍德马什夫人一提议，他就说这太棒了。这场聚会中最尊贵的嘉宾是一位身材高大、年轻肥胖的公爵夫人，她似乎特别钦佩这位著名作家，准备推迟在伦敦的订婚，下午再回伦敦。

"我们四个人一同前去，"霍德马什夫人说，"我觉得如

第四章

果人再多,他们就难以招待了。我马上给德里菲尔德太太打电话。"

我无法与他们一同前去看望德里菲尔德,所以尽量给这个计划泼冷水。

"这只会让他感到厌烦,"我说,"他讨厌一群陌生人像这样闯进他家。他年纪很大了。"

"他年纪大了,所以想见他最好现在就去。他活不久了。德里菲尔德太太说他喜欢见人。他们除了医生和牧师外,见不到任何人,去他们家做客,还能改变这种境况。德里菲尔德太太说我可以带些有趣的人去他们家。当然,她必须格外小心。德里菲尔德被各种各样的人纠缠,这些人只是出于无聊的好奇而想见他,比如采访者、想让德里菲尔德读自己书的作家、愚蠢的神经质女性。但德里菲尔德太太令人赞叹,除了她觉得德里菲尔德应该见一见的人,其他的人一律不见。如果德里菲尔德见了每个想见他的人,我觉得一个星期内,他就会出事。德里菲尔德太太必须得考虑他的精力。我们自然与其他人有所不同。"

当然,我觉得我可不是那样的人。但是当我看到公爵夫人和斯卡利昂勋爵,我能感受到他们也觉得自己并不是那样的人,所以我还是不要再说什么了。

我们坐着一辆亮黄色的劳斯莱斯汽车前往。费恩宅第距离黑马厩镇三英里。那是一座泥灰刷过的房子，我猜大约建于1840年。这所房子朴实无华，但很结实。屋后和屋前构造一样，两边各有两个大圆肚窗，中间的一块平地就是前门，二楼还有两个大圆肚窗。一道朴素的护墙遮住了低矮的屋顶。房子周围是一个大约一英里的花园，花园里树木丛生，但修剪得很整齐。从客厅的窗户可以看到树林和绿色坡地美景。客厅里的陈设和中等的乡间别墅的客厅一模一样，使人感到有些不安。舒适的椅子和大沙发上覆盖着干净的亮色印花棉布，窗帘也是用同种布料制作的。在齐本德尔式[①]小桌子上，放着盛满香料的东方风格的大碗。奶油色的墙上挂着本世纪初著名画家赏心悦目的水彩画。房子里的花摆放得很漂亮，大钢琴上用银框装着著名女演员、已故作家和次要王室成员的照片。

难怪公爵夫人大声说这是一间温馨的房间。这正是杰出作家度过晚年的房间。德里菲尔德太太谦逊地接待了我们。我猜她大概四十五岁了，一张蜡黄色的小脸，面目清秀。她戴着一顶黑色钟形女帽，穿着一件灰色的外套和裙子。她身材苗条，个子适中，看起来整洁、能干、机警。她看起来像乡绅的守寡女儿，管理着教区，有种特殊的管理天赋。她把我们介绍给一

---

① 齐本德尔式，设计风格源于德国工艺美术运动，强调简洁、实用和精致的细节。

第四章

位牧师和一位女士,我们进屋时,他们就站了起来。那位牧师是黑马厩镇的教区牧师,旁边的女士是他的妻子。霍德马什夫人和公爵夫人立刻摆出一副和蔼可亲的样子,地位高的人与地位低的人交往需要表现出这样的姿态,表明她们根本没有觉得他们之间有任何地位悬殊。

爱德华·德里菲尔德来到客厅。我曾时不时在画报上看过他的画像,但真的看见他时,我感到惊愕。他比我记忆中更瘦小,头发稀疏,只剩下一些银白色的头发,没有留胡子,皮肤几乎是透明的。他有一双淡蓝色的眼睛,眼睑边缘发红,整个人看起来很老,生命危在旦夕。他的假牙特别白,笑容看起来勉强且僵硬。我从未见过他不留胡子的样子,嘴唇显得又薄又苍白。他穿着一套剪裁考究的蓝色斜纹布新衣服,浅浅的领口大了两三个号,露出了皱巴巴、瘦削的脖子。他系着一条黑领带,领带上镶着一颗珍珠,看起来有点像一个穿着便服在瑞士过暑假的教务长。

当他进来时,德里菲尔德太太快速地瞥了他一眼,对他鼓励地笑了笑,她肯定很满意他打扮得这么整齐。他同客人握了握手,对每个人都客客气气地说了几句。当轮到我时,他说:"像你这么忙碌的成功人士,千里迢迢来看一个老家伙,真是太好了。"

我有点吃惊，因为他表现得好像从未见过我，我有些害怕我的朋友觉得我说我曾经跟他很熟是在吹牛。我想知道他是否已经完全忘了我。

"自从上次见面后，我们已经有好几年没见了。"我试图热情地说。

他看着我，不过几秒钟，但在我看来却是相当长的一段时间，然后我突然感到很震惊，他冲我眨了眨眼。他眼睛眨得很快，除了我自己外，别人都没有察觉到。在那张尊贵、苍老的脸上出现这样的表情，我简直不敢相信自己的眼睛。过了一会儿，他的脸恢复了镇静、聪明、温和，静静地观察着他人。通知可以吃饭了，我们先后走进餐厅。

餐厅的布置也只能用品位绝佳来形容。齐本德尔式餐具柜上摆放着银白色的烛台。我们在齐本德尔式的桌椅上吃饭。桌子中间银白色的碗里放着玫瑰花，旁边银白色的盘子里面放着巧克力和薄荷软糖；银色的盐碟擦得锃亮，显然是乔治王朝风格的。奶油色的墙壁上挂着彼得·莱利爵士[①]（Sir Peter Lely）画的女士铜版画像，壁炉架上有一件蓝色代尔夫特陶瓷饰品。两个身穿棕色制服的女仆给我们服务，德里菲尔德太太跟我们交谈着，眼睛一直盯着两个女仆。我想知道她是如何把这些体

---

① 彼得·莱利爵士（1618—1680），荷兰肖像画家。

第四章

态丰满的肯特女孩（她们健康的肤色和高高的颧骨表明了她们是"本地人"的事实）训练得如此干净利落的。午餐的菜品正好适合这个场合，高档而不艳丽，卷起来的比目鱼片上涂着白汁沙司，烤鸡配上新上市的土豆、绿豌豆、芦笋和鹅莓果泥。这间餐厅，这顿午餐，这样的招待，你会觉得完全符合一位声名显赫但并不富裕的文人的风格。

德里菲尔德太太与大多数文人的妻子一样很健谈，不会让饭桌那头谈话冷场，所以，无论我们多么想听听她丈夫在另一边说些什么，都没有机会。她活泼愉快。尽管爱德华·德里菲尔德健康状况不佳，又上了年纪，她大部分时间都得生活在乡下。但她还是设法经常到伦敦去，以便及时了解最新的情况。不久，她就和斯卡利昂勋爵兴致勃勃地讨论起伦敦剧院里的戏剧和皇家学院里拥挤的人群。她去了两次，才看完了展出的所有画，即使这样，她也没有时间去看水彩画。她特别喜欢水彩画，因为那些画朴实无华，她讨厌虚伪造作的东西。

男主人和女主人坐在餐桌的两端，牧师坐在斯卡利昂勋爵旁边，牧师的妻子坐在公爵夫人旁边。公爵夫人和牧师妻子聊起了工人住宅的话题，她似乎比牧师妻子更熟悉这个话题。我的注意力也就移开了。我注视着爱德华·德里菲尔德。他正在和霍德马什夫人聊天。她显然是在告诉他如何写小说，给他列了几本值得一读的小说。他出于礼貌，饶有兴趣地听她说话，不时插几句话，但声音太低了，我听不清。当她开玩笑时（她经常开玩笑，通常都很有趣），他轻轻地笑了一声，迅速看了她一眼，好像在说：这个女人还不算那么笨。回忆起过去，我好奇地问自己，他怎么看待这一大群人，他那穿戴整齐、精明能干的妻子，还有他所居住的幽雅环境。我想知道他是否后悔早年的冒险生活。我不知道眼前的一切是否真的让他感到愉快，还是他用和蔼礼貌的举止来掩盖了一种难以忍受的厌恶。可能他感受到了我正在看他，他也抬起了眼睛。他的目光在我身上停了一会儿，带着沉思的神情温和而又奇怪地审视着我。然后，他突然又对我眨了眨眼睛，这次眨眼特别清晰。那张苍老、憔悴的脸上露出的轻佻的神情令人吃惊，而且令人尴尬；我不知道该怎么办。我的嘴角浮现出一丝不解的微笑。

公爵夫人加入到桌子那头的谈话，牧师的妻子看向我。

"你很久之前就认识他了吧？"她低声问我。

"是的。"

她看了一眼大家，看看有没有人注意我们。

"别让他想起痛苦的往事，他的妻子会担心的。他现在身体很虚弱，你知道的，一点儿小事都会让他不舒服。"

"我会小心的。"

第四章

"她对他照顾得可真周到。她的奉献精神值得我们大家学习。她知道自己照顾的人多么宝贵,她无私的精神无法用言语来形容。她的无私无以言表。"她又压低了声音说,"当然,他年纪很大了,有时老人有点难应付;我从来没有见过她不耐烦的样子。就一个贤惠的妻子而言,她和他一样令人惊叹。"

她的这些话很难回答,但我感觉她希望我能回应。

"总的来看,他看起来不错。"我小声说。

"这全是她的功劳。"

吃完午饭后,我们又回到了客厅,站了两三分钟,爱德华·德里菲尔德向我走来。我正在和牧师聊天,由于没有什么可聊的,我们就称赞外面迷人的景色。这时,我转过身对着男主人。

"我正在说下面那一排小屋真漂亮。"

"从这儿看过去的确很漂亮。"德里菲尔德看着那排房子凹凸不平的轮廓,薄薄的嘴唇露出讽刺的微笑,"我就在其中一栋房子里出生。很离奇吧?"

但是德里菲尔德太太匆忙而亲切地走向我们。她的声音轻快而悦耳。

"噢,爱德华,公爵夫人一定很想看看你的书房。她马上就得走了。"

"很抱歉,我必须得赶上三点十八分从特坎伯里来的车。"公爵夫人说。

我们依次进入德里菲尔德的书房。房间很宽敞,在房子的另一边,房间里有一扇拱形窗户,窗外的景色和在餐厅里看到的一样。这显然是一个尽心尽力的妻子为她从事文学的丈夫布置的房间。房间十分整洁,花盆里簇拥的鲜花给人一种女性的感觉。

"他后期的作品都是在这张书桌上完成的,"德里菲尔德太太说着把桌上一本面朝下打开的书合上了,"《精装版》(*edition de luxe*)第三卷的卷首插图就是画的这张书桌。这可是一件古董。"

我们都赞美这张书桌,霍德马什夫人趁大家不注意的时候,用手指摸了摸书桌的底部边缘,看看它是不是真的古董。德里菲尔德太太迅速冲我们笑了笑。

"你们想看看他的手稿吗?"

"我想看,"公爵夫人说,"看完后我就得立马走了。"

德里菲尔德太太从架子上拿起一份用蓝色摩洛哥皮革装订的手稿,当其他客人虔敬地看着手稿的时候,我看了看摆满屋子的书。正如所有作家都会做的那样,我飞快地扫视了一下,想看看有没有我的书,但一本也没找到;不过,我看到了一整

第四章

套阿尔罗伊·基尔的作品,还有许多装帧精美的小说,看上去令人怀疑,他好像没有读过;我猜可能是作品的作者为了向他的才华致敬,或也希望他能在出版商的广告中美言几句,所以把书赠送给他。所有的书都整整齐齐地摆放着,十分干净,让我觉得这些书没怎么读过。书架上有本《牛津词典》,有大多数英国经典作家装帧精美的著作的标准版,比如菲尔丁、博斯韦尔、黑兹利特等,还有很多关于海洋的书;我认出了海军部出版的颜色各异、凌乱的航海指南,还有许多园艺方面的著作。这间书房看起来并不像作家的书房,而像伟人的纪念馆,你几乎已经可以看到漫无目的的旅行者因为没有更好的事情可做,而徘徊在这间房子里,还会闻到一股很少有人参观的博物馆的霉味。我猜想德里菲尔德现在在看的书可能就是《园丁纪事》(*Gardeners Chronicle*)或《船务公报》(*Shipping Gazette*),我在角落的书桌上看到了一捆。

当夫人们看完她们想看的东西后,我们向主人告别。但霍德马什夫人很机智,一定想到了我作为大家来访的借口,却几乎没有和爱德华·德里菲尔德说一句话。在门口道别时,她对我露出友好的微笑,对德里菲尔德说:

"听说您和阿申登先生认识很多年了,我特别感兴趣。他之前是个乖孩子吗?"

德里菲尔德用他平静而奇怪的目光看了我一会儿。我有一种预感，如果没有人在场，他就会向我吐舌头。

"很害羞，"他回答说，"我教过他骑自行车。"

我们又坐进了那辆黄色的劳斯莱斯汽车，往回驶去。

"他好温和啊，"公爵夫人说，"我们的这次拜访，我很开心。"

"他很有礼貌，是吧？"霍德马什夫人说。

"你不会真期望他会用刀吃豌豆吧？"我问。

"我真希望他这样吃，"斯卡利昂勋爵说，"那得多么生动独特啊。"

"我觉得这很难，"公爵夫人说，"我试了一遍又一遍，我用刀子叉不起来豌豆。"

"你得刺穿豆子。"斯卡利昂勋爵说。

"没用，"公爵夫人反驳说，"把豆子放在刀面上，它们像淘气鬼一样滚来滚去。"

"你觉得德里菲尔德太太怎么样？"霍德马什夫人问。

"我觉得她挺顶事的。"公爵夫人说。

"他年纪已大，真可怜，必须得有人照顾。你们知道吗？她以前是医院的护士。"

"噢，是吗？"公爵夫人说，"我还以为德里菲尔德太太以

第四章

前可能是他的秘书或者打字员呢。"

"她人很好。"霍德马什夫人热情地为她朋友辩护说。

"嗯,挺好的。"

"大约二十年前,他患了一场大病,那时德里菲尔德太太是他的护士。他好转后,他俩就结婚了。"

"就这样结婚了真有趣。她肯定比他小很多。她可能不超过四十五岁。"

"不,我不这么觉得。四十七岁吧。我听说她为他做了很多。我是说,她把他照顾得很好。阿尔罗伊·基尔告诉我,在那之前,他简直太放荡不羁了。"

"一般来说,作家的妻子都很令人厌烦。"

"和她们在一起特别无聊,是吧?"

"确实。我想她们一点儿都看不出来。"

"可怜的家伙!她们经常有一种错觉,认为人们觉得自己很有趣。"我低声说。

我们到了特坎伯里,把公爵夫人送到车站,然后开车继续前行。

第五章

的确是爱德华·德里菲尔德教我骑自行车的。那也的确是我们结识的缘由。我并不知道那时安全自行车发明了多久,但我知道,在我居住的肯特郡的偏远地区,安全自行车(Safety bicycle)并不常见。当看到有人踩着实心轮胎的自行车疾驰而过时,人们会转过身来,一直看着,直到看不见为止。中年绅士认为骑这种自行车有点滑稽,他们说还不如步行;年老的女士对这种自行车感到害怕,当看到一辆自行车驶过来时,她们会迅速闪到路边。我曾经有段时间非常羡慕一群男孩子骑着自行车去上学,他们出校门时会松开车把手,那可是一个很好的炫耀机会。我就让叔叔一放暑假就给我买一辆自行车,虽然我婶婶一直反对,还说我会摔断脖子,但叔叔还是在我的一再坚持下同意了,因为我当然是用自己的钱买的。学校放暑假前我就订购了一辆,几天后,快递员从特坎伯里把自行车送过来了。

我决定自己学骑自行车，学校里的同学告诉我他们半小时就学会了。我试了又试，最后得出结论：我太笨了（现在我觉得夸大其词了）。但是，即使我放下自尊，让园丁扶我上车，但在第一个上午结束时，我似乎并没有比刚开始骑得好，还是不能自己骑上去。第二天，考虑到牧师公馆的马车道弯弯曲曲，不适合学骑自行车，我把自行车推到不远处的一条路上。我知道这条路又平又直，非常偏僻，没有人会看到我出丑。我上车试了几次，但每次都摔了下来。我的小腿在踏板上擦破了皮，又热又烦。练了大约一小时后，我开始认为上帝并不想让我骑自行车，但我还是下定决心要学会（我无法忍受上帝在黑马厩镇的代表，也就是我叔叔的讽刺）。但更烦的是，我看到两个人骑着自行车沿着荒芜的道路而来，我立刻把自行车推到路边，坐在台阶上，若无其事地望着大海，就好像刚刚骑了一段路，现在正坐在那儿，全神贯注地凝视着浩瀚的大海。我心不在焉地把目光移开，不去看向我骑来的那两个人，但我感到他们越来越近了。我用眼角瞥见他们是一男一女。当他们从我身边经过时，女人猛地转向我这边，撞在我身上，摔倒在地。

"噢，我很抱歉，"她说，"我看到你就知道我会掉下来。"

在这种情况下，我不可能保持一副心不在焉的样子，于是满脸通红地说了句没事。

第五章

她摔下来时,男士也从车上下来了。

"受伤了没?"他问。

"噢,没有。"

我当时才认出来这位男士就是爱德华·德里菲尔德,就是几天前我见过和助理牧师在一起的那位作家。

"我刚学骑车,"他的同伴说,"看到路边有东西时,我就会摔下来。"

"你是牧师的侄子吗?"德里菲尔德说,"前几天我见过你。盖尔威告诉了我你是谁。她是我的妻子。"

她用异常坦率的姿态伸出手来,当她和我握手时,我感受到一股热情而真诚的力量。她的嘴唇和眼睛都在笑,那个时候,我能感受到她的笑容礼貌而友善。我困惑不已。碰到不认识的人我感到极其不自在,我根本不敢看她的长相,只看到她是个身材高大的金发女人。我不知道我是当时注意到的,还是后来才想起的,她穿着一条蓝色哔叽布的长裙,一件粉红色的衬衫,前襟和领子都是上过浆的,浓密的金发上戴着一顶草帽。在那时候,草帽被称为船帽。

"我觉得骑自行车很愉快,你觉得呢?"她看着我靠在台阶上的自行车说,"要是能把车骑好,那一定很棒。"

我觉得这表明她对我的熟练程度表示钦佩。

"只要多加练习就可以了。"我说。

"这是我第三次学骑自行车。德里菲尔德说我表现得很好,可我觉得自己太蠢了,真想踢自己。你花了多长时间才会骑车?"

我脸红到脖子根,羞愧得说不出来一句话。

"还不会,"我说,"我刚拿到这辆自行车。这是我第一次试骑。"

我说得有些含糊其词,但为了在良心上过得去,我心里说了句:除了昨天在家里的花园里试过外。

"如果你愿意,我可以教你,"德里菲尔德心情愉快地说,"来吧。"

"噢,不了,"我说,"不行不行。"

"为什么呢?"他妻子问,她的一双蓝眼睛流露出友好的笑容,"德里菲尔德想帮你,正好有机会让我休息。"

德里菲尔德扶着我的自行车,我虽不情愿,但无法拒绝他热情的帮助,便笨拙地骑了上去。我左右摇晃,但他用一只坚实的大手扶着我的自行车。

"快一点。"他说。

我踩着脚蹬子,他在我旁边跑着,我左右晃动。尽管他用尽了全力,最后我还是摔了下来,当时我们都很热。在这种情况下,继续保持牧师的侄儿和沃尔夫小姐管家的儿子之间

第五章

的那种冷淡关系是很困难的。我开始往回骑,独自紧张地骑了三四十码。德里菲尔德太太两手叉腰跑到路中间,大叫着:"继续,继续,二比一占了上风。"我笑得特别开心,完全忘了所谓的社会地位。我下了车,我的脸上无疑带着得意扬扬的神气。德里菲尔德夸耀我很聪明,第一天就学会了骑车。我没有感到一丝困窘,欣然接受了他的夸奖。

"我想看看我能不能自己骑上去。"德里菲尔德太太说。我又坐在了台阶上,而我和她丈夫则看着她徒劳地挣扎。

然后,她又想休息了,一脸失望但是又笑嘻嘻地坐在我身边。德里菲尔德点燃了他的烟斗。我们一起聊天。我现在才知道她的态度中有一种让人放下戒心的坦率,使人感到轻松自在。我当时当然没有意识到这一点。她说话时满腔热忱,就像一个对生活充满热情的孩子,她的眼睛里一直闪烁着迷人的微笑。我不知道我为什么会喜欢她的笑容。如果狡猾不是令人不快的品质,我应该说她的笑容有一丝狡猾;那么天真的笑容不可能称得上狡猾。那是一种相当淘气的笑,就像小孩子做了自己认为很滑稽的事情,在你看来那是淘气,但小孩子做错事了也知道你并不会真的生气;要是你没有很快发现他做错了事,他还会跑来告诉你。但是,当然那时我只觉得她的笑容让我感到舒心。

不一会儿，德里菲尔德看着他的手表说他们必须得走了，并提议我们一起风光地骑回去。那时正是婶婶和叔叔每天从镇上散步回来的时候，我可不想冒险被他们看见我和他们根本不喜欢的人在一起。因此，我说他们骑得比我快，他们先走。德里菲尔德太太不同意，但德里菲尔德向我投来一个滑稽、逗乐的小眼神。我以为他看穿了我的小心思，于是我的脸涨得通红。他说：

"让他自己骑吧，罗茜。他自己一个人骑得更好。"

"好吧。明天我们约在这儿好吗？我们还会过来的。"

"能来我就尽量来。"我答道。

他们骑远了，过了几分钟，我也骑车回家了。我对自己非常满意，一路骑到牧师公馆门口，没有摔倒。我在吃饭时吹嘘了一番，但我并没有说见过德里菲尔德夫妇。

第二天大概十一点，我从马车房推出了我的自行车。虽然叫作马车房，但里面连一辆小马拉的两轮轻便马车都没有，园丁用来存放割草机和压路机，玛丽·安用来存放喂鸡的饲料。我把自行车推到大门口，毫不费力地沿着特坎伯里路一直骑到旧收费关卡，然后拐进欢乐巷。

天空蔚蓝，天气晴朗，空气温暖而清新，似乎热得噼里啪啦响。光线明亮而不刺眼。太阳像一个充满定向能量的光束照

第五章

射到路面上,然后像皮球一样反弹回来。

在等德里菲尔德夫妇的过程中,我来来回回骑了好几趟,不一会儿,就看到他们过来了。我跟他们挥了挥手,掉过车头(我下车后才掉转车头),我们一起往前骑行。德里菲尔德太太和我互相称赞对方的进步。我们紧张地骑着车,死死地抓着车把,却兴高采烈。德里菲尔德说,等我们骑得游刃有余时,我们就到乡间四处兜风。

"我想在附近拓一两个印。"他说。

我并不知道他说的是什么意思,但他也没解释。

"等一会儿,我会给你看,"他说,"你觉得你明天能不能骑行十四英里,来回各七英里?"

"当然可以。"我说。

"我给你拿一张纸和一些蜡,你可以拓一下。不过你最好问问你叔叔你能不能来。"

"我觉得没必要。"

"我觉得你最好还是问一下。"

德里菲尔德太太用奇怪的眼神看着我,淘气而友好,我的脸涨得通红。我知道如果我问我叔叔,他肯定不同意。最好还是别跟他提这件事。但当我们骑车前行时,我看见医生赶着双轮马车向我们驶来。他走过时,我眼睛直视前方,希望如果我不看他，他也不会看到我，但这完全没用。我感到不安。如果他看到我，这件事很快就会传到我叔叔或我婶婶的耳朵里。我想我自己把这个无法再隐藏的秘密说出来，会不会更稳妥一些。当我们在牧师公馆门口分别时（我无法避免和他们一起骑到这里），德里菲尔德说，如果我明天能和他们一起，我最好尽早去找他们。

"你知道我们住哪儿吧？就在公理教堂的旁边，叫作利姆小屋。"

吃晚饭时，我正准备寻找机会，把我无意中遇到德里菲尔德夫妇的事情不经意地说出来，但这件事已经传遍了黑马厩镇，且早已传到了婶婶的耳朵里。

"今天早上和你一起骑自行车的那几个人是谁？"婶婶问，"我们在镇上遇到安斯蒂（Anstey）医生了，他说他见过你。"

叔叔不以为意地咀嚼着烤牛肉，闷闷不乐地看着他的盘子。

"是德里菲尔德夫妇，"我若无其事地说，"你知道的，那个作家。盖尔威先生认识他们。"

"他们名声都臭了，"叔叔说，"我不想你跟他们沾上关系。"

"为什么？"我问。

"我不会告诉你理由。你知道我不希望你跟他们在一起就够了。"

"你是怎么认识他们的?"婶婶问。

"我只是和他们一起骑车,他们问我是否愿意和他们一起骑。"我说,事实上有点儿歪曲事实。

"我说这叫作'强迫'。"叔叔说。

我开始生闷气。甜点端上了餐桌,虽然那是我非常喜欢吃的树莓馅饼,但为了表示愤慨,我拒绝吃。婶婶问我是不是不舒服。

"没有,"我尽量傲慢地说,"我感觉很好。"

"吃一点儿吧。"婶婶说。

"我不饿。"我答道。

"就当让我高兴吃点。"

"他自己知道吃没吃饱。"叔叔说。

我恶狠狠地看了他一眼。

"我不介意吃一小块。"我说。

婶婶给了我一大块,我吃了起来,那副样子就像受责任感驱使做了一件自己深感厌恶的事。那是一块漂亮的树莓馅饼。玛丽·安做了入口即化的酥皮。可是当婶婶问我能不能再吃一块的时候,我却冷冰冰地拒绝了。她也没再坚持。叔叔做完祷告后,我愤怒地走进了客厅。

但当我估摸着仆人已经吃完晚饭时,我走进了厨房。埃米莉正在清洗餐具室里的银器。玛丽·安正在洗碗。

"我说,德里菲尔德夫妇怎么了?"我问玛丽·安。

玛丽·安从十八岁起就在牧师公馆。我还是个小男孩的时候,她就给我洗澡;我不舒服的时候,她把药粉放在李子酱里喂我;在我上学的时候她帮我收拾箱子;在我生病的时候她照顾我;在我无聊的时候她给我读书;在我淘气的时候她责备我。女仆埃米莉是个毛手毛脚的小姑娘,如果由她来照顾我,玛丽·安说不知道我会变成什么样子。玛丽·安是个土生土长的黑马厩镇女孩。她一生都没去过伦敦,我想她去特坎伯里也不超过四次。她从未生过病,也从未有过假期。她一年的酬劳是十二英镑。每周有一个晚上,她到镇上去看她的母亲。她的母亲在牧师公馆洗衣服,星期天晚上,去教堂做礼拜。但是玛丽·安知道黑马厩镇发生的一切。她认识所有人,知道谁和谁结过婚,谁的父亲死于什么病,每个女人生过多少个孩子,以及他们叫什么名字。

我问了玛丽·安这个问题,她把一块湿漉漉的毛巾重重地扔进水池里。

"这不怪你叔叔,"她说,"如果你是我的侄子,我不会让你和他们一起出去的。你想想他们竟然邀请你一起骑自行车!

第五章

有些人什么事都做得出来。"

我看得出来玛丽·安已经知道了餐厅里的对话。

"我不是小孩了。"我说。

"那就更糟了。他们来这儿真是厚颜无耻!"玛丽·安说话很随意,习惯省去"h"音,"租了房子,假装自己是淑女和绅士。现在别碰那个馅饼了。"

树莓馅饼放在厨房的桌子上,我用手指掰了一片酥皮,然后放进嘴里。

"我们打算把那些馅饼作为晚餐。如果你想再吃一块,为什么吃晚饭时不再吃一块呢?爱德华·德里菲尔德从来没坚持过一件事。他接受过良好的教育。我很同情他的母亲。他从出生以来就是个麻烦,然后娶了罗茜·甘恩(Rosie Gann)。我听说,他告诉他妈妈他要跟罗茜·甘恩结婚时,他妈妈被气得卧床三周,没有跟任何人说话。"

"德里菲尔德太太结婚前就叫罗茜·甘恩吗?是哪家姓甘恩的?"

甘恩是黑马厩镇最常见的姓氏之一,教堂墓地里挤满了他们的坟。

"噢,你肯定不认识他们。她爸爸是约西亚·甘恩(Josiah Gann),是个野性子,铁了心要去当兵,结果回来时装了一条木腿。他过去常常出去涂油漆,但是往往没活干。他们住在黑麦小巷,就在我们家旁边。我和罗茜过去常常一起去主日学校①。"

"但她没有你那么老。"年轻的我难免有些直率,"她怎么也不会有二十岁吧。"

玛丽·安的鼻子又短又翘,有蛀牙,身材矮小,但面色鲜亮。我想她不会超过三十五岁。

"不管她打扮成什么样,罗茜也只比我小四五岁。我听说她现在打扮得光鲜亮丽得都让人认不出来了。"

"她真的当过酒吧女招待吗?"我问。

"是的,刚开始在'铁路纹章'干,然后在哈弗沙姆的'威尔士亲王的羽毛'干。里夫斯(Reeves)太太雇用她在'铁路纹章'帮忙招待客人,但她干得太差了,里夫斯太太不得不把她辞掉。"

"铁路纹章"酒吧是一个非常普通的小酒吧,坐落在去伦敦、查塔姆和多佛铁路的车站对面,里面有一种邪恶的欢乐气氛。在冬天的晚上经过那里时,透过玻璃门可以看到男人懒散地靠在吧台上。我叔叔特别不认同酒吧,多年来,一直努力吊

---

① 主日学校,英、美等国在星期天为在工厂做工的青少年进行宗教教育和识字教育的免费学校。

第五章

销酒吧的营业执照。铁路搬运工、煤矿工人和农场工人经常到这里来。黑马厩镇上体面的居民都不屑进去,如果想喝一杯苦啤酒,他们会去"熊和钥匙"或"肯特公爵"。

"为什么呀?她做了什么?"我瞪着大大的眼睛问。

"她什么没干过?"玛丽·安说,"如果你叔叔撞见我跟你说这些事,他会怎么说?每一个进来喝酒的男人,她都会跟他们调情,不管他们是谁。她没有忠于任何人,换了一个又一个男人。这是我听说的,真令人作呕。她是从那时开始跟乔治勋爵好上的。那种场所不是高贵的乔治勋爵能去的。不过据说他有一天由于火车晚点了偶然进去的,他在酒吧看见了罗茜。从那以后,他就再也没有离开过那个地方,和那些粗人混在一起。他们当然都知道他在那里干什么,他有妻子,家里还有三个孩子。噢,我真替她感到惋惜!这件事搞得满城风雨。唉,里夫斯太太说她再也忍不下去了,于是给她结了工资,叫她收拾行李走人。我就是这么说的,总算把她打发走了。"

我很了解乔治爵士。他的名字叫乔治·坎普(George Kemp),那一向为人所知的勋爵头衔是人们为讽刺他显贵的气派而赋予他的。他是位煤炭商,还涉足房地产,持有一两条运煤船的股份。他住在自有土地上的一所新砖房里,出门驾驶自己的双轮轻便马车。他身材矮胖,留着山羊胡,脸色红润,有一双醒目的蓝眼睛。每次想起他，我都会想到荷兰古典油画中神情活泼、容光焕发的商人形象。他总是衣着光鲜。当看到他穿着一件有大纽扣的浅黄色轻皮短外套，头上侧戴着棕色圆顶礼帽，纽扣孔里插着一朵红玫瑰，驾着马车轻快地在大街中央疾驰而去时，你就会忍不住看他一眼。星期天，他总戴着一顶有光泽的大礼帽，穿着礼服外套去教堂做礼拜。大家都知道他想成为教会委员，显然，他充沛的精力能让他更好地发挥作用，但我叔叔说只要他还在位，就不可能。尽管乔治勋爵表示抗议，到小教堂做了一年礼拜，我叔叔仍然不同意。我叔叔在镇上见到他也视而不见。他们和解后，乔治勋爵回到了教堂，但我叔叔只让他做了个副手。有教养的人认为他极其庸俗。毫无疑问，我觉得他很虚荣，喜欢吹牛。他们抱怨他的声音太大，笑声太刺耳——他和街这边的人说话时，你能从街那边听到他说的每一个字——他们认为他太没有教养了。他过于友善，与别人交谈时一点都看不出来他商人的身份。他们说他太莽撞了。但是，如果他以为他待人友好，积极参与公共活动，在每年的赛船会或丰收节需要捐款时慷慨捐献，愿意为任何人做好事，就会打破黑马厩镇上人们对他的成见，那他就错了。他努力社交却遭受彻底的敌视。

我记得有一次医生的妻子来拜访我婶婶，埃米莉进来告诉

第五章

我叔叔，乔治·坎普先生想见他。

"但我听见前门门铃响了，埃米莉。"我婶婶说。

"是的，夫人，他在前门。"

房间里有片刻的尴尬。每个人都不知道该如何处理这种不寻常的事情，就连知道谁该从前门走，谁该从侧门走，谁该从后门走的埃米莉，也显得有些慌乱。婶婶是个温文尔雅的人，我想，我觉得她感到很尴尬，怎么会有人把自己置于这样的境地，但是医生的妻子轻蔑地哼了一声。最后，我叔叔镇定下来。

"带他去书房，埃米莉，"他说，"我喝完茶就来。"

但乔治勋爵仍然乐呵呵的，浮夸，大嗓门儿，举止粗鲁。他说整个镇子了无生气，他要唤醒它。他打算说服公司运营游览列车。他不明白为什么这儿不能成为另一个马尔盖特，为什么不能有个市长呢？费恩湾就有一个。

"我想他自己就想做市长。"黑马厩镇的人说。他们噘着嘴说："骄者必败。"

我叔叔说强扭的瓜不甜。

我应该补充一点，那时我和其他人一样，对乔治勋爵的态度也是轻蔑的嘲笑。他在街上拦住我，叫我的教名，跟我说话，好像我们之间没有社会地位差别，这使我很生气。他的儿子和我一般大,他甚至提议让我和他们一起打板球。但是他们去了哈弗沙姆的文法学校①,当然我不可能和他们有任何来往。

玛丽·安的话让我感到震惊和激动,但我难以相信。我读了很多小说,在学校里学到了很多东西,所以对爱情有所了解,但我认为爱情只和年轻人有关。我无法想象一个满脸胡子、儿子跟我一般大的男人怎么还会有爱情。我以为结婚后就没有爱情了。过了三十岁的人还在谈恋爱,我觉得很恶心。

"你不会说他们做了些什么吧?"我问玛丽·安。

"据我所知,罗茜·甘恩没啥不敢干的。乔治勋爵并不是唯一一个和她好过的。"

"但是,你看,她为什么没有孩子呢?"

在我读过的小说中,每当漂亮的女人堕落到愚蠢的地步时,就有了孩子。关于生孩子的原因书里写得很隐晦,有时干脆用一排星号来代替,但结果是不可避免的。

"我认为她并不是行为检点,而是运气好。"玛丽·安说。然后她回过神来,不再忙着擦盘子。"在我看来,你好像知道太多你不应该知道的东西。"她说。

"我当然知道,"我自大地说,"说到底,我已经长大了,

---

① 文法学校,西方的一种普通学校类型,由政府资助。

第五章

不是吗?"

"我能告诉你的就是,"玛丽·安说,"里夫斯太太解雇她的时候,乔治勋爵就帮她在哈弗沙姆的'威尔士亲王的羽毛'谋得一份工作。他总是驾着马车去那儿。你总不能说那儿的啤酒跟这儿的有所不同吧。"

"那为什么爱德华·德里菲尔德要娶她啊?"我问道。

"我不知道,"玛丽·安说,"他是在'羽毛'酒吧认识罗茜的。我猜因为没有人会嫁给他。没有哪个体面的姑娘会跟他在一起。"

"他了解她吗?"

"你最好去问问他。"

我沉默了,一切都令人困惑。

"她现在怎么样了?"玛丽·安说,"她结婚后我就再没见过她了。自从听说她在'铁路纹章'酒吧工作后,我就再也没有跟她说过话了。"

"她看起来挺好的。"我说。

"好吧,你去问她记不记得我,看她怎么说。"

第六章

我下定决心第二天早上和德里菲尔德夫妇一起出去。我知道问我叔叔能不能去并没有用。如果他发现了我和他们在一起,对我大发雷霆,那也没办法,如果爱德华·德里菲尔德问我有没有得到叔叔的许可,我准备说已经征得叔叔同意了。但我根本没有必要说谎。下午,潮水很高,我去游泳。我叔叔正好要去镇上办事,就陪我走了一段路。正当我们路过"熊和钥匙"店时,爱德华·德里菲尔德从店里走了出来。他看见我们就径直走到我叔叔面前。我对他的冷静感到吃惊。

"早上好,牧师,"他说,"我想知道你是否还记得我。我小时候常在唱诗班唱歌。我是爱德华·德里菲尔德,我的老父亲是沃尔夫小姐的管家。"

我叔叔是个非常胆怯的人,爱德华·德里菲尔德的举动让他有些吃惊。

"噢,是的,你好。听到你父亲过世的消息我很难过。"

"我认识你的小侄子。我在想你能不能让他明天和我一起骑车兜风。他一个人骑车太无聊了，我要去费恩教堂拓印。"

"你真是太好了，但是……"

我叔叔打算拒绝，但德里菲尔德打断了他。

"我会看着他的，不会让他胡闹。我想他可能想自己拓展一下。他会对此感兴趣的。我会给他一些纸和蜡，这样他就不会花一分钱了。"

我叔叔的思维并不连贯。爱德华·德里菲尔德要为我的纸和蜡付钱，使他很生气，他完全忘记了他本来不准我去的。

"他完全可以自己买纸和蜡，"他说，"他有很多零花钱。把钱花在这些东西上，总比买糖果好，糖果吃了还要生病。"

"好吧，如果他去海沃德店，就说想要和我一样的纸和蜡，店员会给他的。"

"我现在就去了。"我说。在我叔叔改变主意前，我快速冲过马路。

第七章

除了纯粹出于好心,我不知道德里菲尔德夫妇出于什么原因关心我。我是个反应有点迟钝的小男孩,并不健谈,如果我逗乐了爱德华·德里菲尔德,那一定是无意的。也许他被我的优越感逗乐了。我觉得自己屈尊俯就才和沃尔夫小姐管家的儿子交往,他就是我叔叔所说的低级文人。有一次我带着一丝傲慢向他借一本书,他说我不会对那本书感兴趣,我把他的话当真了,就没借。我叔叔同意我和德里菲尔德夫妇出去后,就再也没有反对我和他们交往。有时我们会一起去航海,有时我们会去风景如画的地方,德里菲尔德会画一些水彩画。我不知道是那时英国的气候比较好,还是这只是年轻时的幻觉,但我似乎记得,那年整个夏天都是阳光灿烂的日子。我开始对这个山峦起伏、富饶、安逸的地区产生了一种奇怪的感情。我们去了很远的地方,去了一个又一个教堂,拓印那些碑刻,有些上面是穿盔甲的骑士,有些是穿着鲸骨衬箍的女士。爱德华·德里菲尔德用他自己纯真的热情感染了我,我也激情澎湃地拓了起来。我骄傲地向我叔叔展示了我努力的成果,我想他觉得无论我和谁交往,只要我在教堂里忙活,就不会受到任何伤害。我们在拓印时,德里菲尔德太太总是待在教堂庭院里,不看书也不做针线活,只是在那儿发呆。她似乎可以长时间不做任何事也不会感到无聊。有时我会出去和她在草地上坐一会儿。在那儿,我们一起畅聊我的学校、朋友、老师,以及黑马厩镇上的人,或随便说点什么。我很高兴她叫我阿申登先生。我想她是第一个这样叫我的人,这让我觉得我是个大人了。我非常讨厌别人叫我威利(Willie)少爷。对任何人来说,这个名字都有些可笑。事实上,这两个名字我都不喜欢,于是花了不少精力想更适合我的名字。我喜欢罗德里克·雷文斯沃斯(Roderic Ravensworth)这个名字,把这个名字写满了几张纸。我觉得卢多维奇·蒙哥马利(Ludovic Montgomery)这个名字也不错。

玛丽·安告诉我的关于德里菲尔德太太的事,我无法释怀。虽然我知道人们结婚后会做些什么,也能把事实用最直白的语言表达出来,但我并没有真正理解。我觉得这件事的确令人恶心,不怎么相信。毕竟,我意识到地球是圆的,但我看到的地球却是平的。德里菲尔德太太看起来很坦率,她的笑声很爽朗且单纯,她的举止洋溢着青春的气息,天真烂漫,我无法想象

第七章

她会和水手,尤其像乔治勋爵这样粗俗可怕的人"交往"。她根本不是我在小说里读到的那种坏女人。当然,我知道她并不是"举止优雅"的人,她说话带着黑马厩镇的口音,不时地漏掉首字母"h"的发音,她的语法有时让我震惊,但我还是忍不住喜欢她。我得出结论,玛丽·安告诉我的都是谎话。

有一天,我碰巧告诉德里菲尔德太太,玛丽·安是我们家的厨师。

"她说她住在黑麦小巷,就在你家旁边。"我说,心里已经准备好等德里菲尔德太太说根本不认识玛丽·安。

但她笑了,她的蓝眼睛闪闪发光。

"是的。她过去常常带我去主日学校。她常常费了好大劲儿才让我保持安静。我听说她去牧师公馆工作了。真想不到她还在那儿!很多年我都没见过她了。我想再见见她,跟她畅谈往日的生活。请代我向她问好,请她晚上外出时来看我好吗?我请她喝茶。"

我对此感到惊诧。毕竟,德里菲尔德夫妇住在他们打算买下的房子里,他们雇了一个佣人。对他们来说,请玛丽·安来喝茶一点儿也不合适,这也会让我感到很尴尬。他们似乎不知道什么事能做,什么事不能做。他们谈论过去那些我本以为他们不会提起的事情,总是让我感到尴尬。我并不知道我们那个地方的人表现得自命不凡，他们整天装出一副腰缠万贯、气度不凡的样子，但回过头来看，我确实觉得他们过着虚伪、造作的生活。他们戴着体面的面具。你从来没有见过他们穿着衬衫，把脚放在桌子上。午后，女士穿着裙子出门了，在此之前你连她们的影子也看不到；他们私下过着俭朴的生活，所以你不可能随便拜访他们吃顿便饭，但当他们招待客人时，桌子上摆满了各种菜肴。即使家庭遭受了大灾难，但他们依然昂首挺胸，显得毫不在意。如果其中某人的儿子与女戏子结婚，他们从不提这场灾祸，虽然邻居们在背后议论这简直糟透了，但他们在受这桩婚事困扰的人面前连剧院都避免提起。我们都知道，买下了三角墙山庄的格林考特（Greencourt）少校的妻子与商界有联系，但是她和少校都没有提过这个不光彩的秘密；虽然我们在背后对他们嗤之以鼻，但在他们面前，我们都很有礼貌，甚至不提陶器（格林考特太太不菲的收入是靠买卖陶器得来的）这个词。我还听说过这样的事，一位愤怒的父亲断绝了与儿子的关系，或者告诉他的女儿（像我那嫁给了一个律师的母亲一样）永远不要再进家门。我已经习惯了这一切，这在我看来再正常不过了。我听到爱德华·德里菲尔德说，他在霍尔本的一家饭店当过服务员，好像这就是一件很普通的事情，我却感到震惊。我知道他曾离家当过水手，那还挺浪漫的。我

第七章

知道,在书中,男孩常常会像他那样历经惊心动魄的冒险,最后娶了家财万贯的伯爵的女儿;但爱德华·德里菲尔德曾在梅德斯通赶过出租马车,在伯明翰做过售票员。有一次,我们骑车经过"铁路纹章"酒吧,德里菲尔德太太随口提到,她在那儿工作了三年,仿佛这是任何人都会做的。

"这是我第一个工作地,"她说,"之后我去了哈弗沙姆的'羽毛'酒吧。我结婚后就离开那儿了。"

她笑了笑,好像很享受回忆中的往事。我不知道说些什么,也不知道该看哪儿,我的脸涨得通红。有一次,我们长途骑行返回途中经过费恩湾。那天很热,我们都很渴,她建议我们去"海豚"酒吧喝杯啤酒。她开始和吧台的女孩说话,我听到她说她自己在这一行干过五年。这让我大为震惊。店主也来了,爱德华·德里菲尔德请他喝了一杯酒,德里菲尔德太太说要酒吧女招待来一杯波尔图葡萄酒。他们亲切地聊了一会儿,谈论贸易、房产以及物价上涨的情况。与此同时,我站在那里,浑身又冷又热,不知道该怎么办。我们离开的时候,德里菲尔德太太说:

"我很喜欢那个女孩,爱德华。她应该干得不错。我跟她说这是很苦但很快乐的工作。这份工作确实能见些世面,如果她手段高明,应该会嫁得很好。我注意到她戴着一枚订婚戒指,但她告诉我她戴戒指只是为了让那些家伙有机会跟她逗乐。"

德里菲尔德笑了。罗茜看向我。

"当酒吧女招待的时候，我度过了一段难得的美好时光。当然，我不可能永远做下去，我得为自己的未来着想。"

更令我震惊的事还没出现呢。九月中旬，我的假期即将结束。我的脑海里全是德里菲尔德夫妇，但我每次想在家里谈论他们时，都遭到了叔叔的奚落。

"我们可不想整天被你的朋友所烦扰，"他说，"还有其他更合适的话题。不过我确实认为，爱德华·德里菲尔德是在教区出生的，而且几乎每天都能见到你。他应该偶尔会来教堂做礼拜。"

有一天，我对德里菲尔德说："我叔叔想让你来教堂。"

"可以的。那我们下个星期天晚上去教堂做礼拜吧，罗茜。"

"我没问题。"她说。

我告诉了玛丽·安他们要去做礼拜。我坐在乡绅后面牧师家人的长椅上，不能四处张望，但我从过道另一边邻座的反应中意识到他们坐在那里。第二天一有机会我就问玛丽·安是否见过他们。

"我看见她了。"玛丽·安冷淡地说。

"你后来跟她说话了吗？"

第七章

"我吗?"她突然放声怒叫,"你从厨房出去。你干吗整天来烦我?你老挡我的路,还指望我怎么工作?"

"好吧,"我说,"别生气。"

"我不知道你叔叔怎么会让你跟他们那种人交往。她的帽子上都是花。我真奇怪她不觉得丢人吗。快走吧,我很忙。"

我不知道为什么玛丽·安这么生气。我再也没提过德里菲尔德太太。但是两三天后,我碰巧去厨房弄点吃的。牧师公馆有两个厨房;小的是做饭用的;另一个大的,我想是某个时期乡村牧师有一大家族人,或是为了款待周围的贵族而举行盛大的宴会时用的。玛丽·安一天的工作结束后,就坐在那里做针线活。我们晚上八点钟一般吃冷餐,所以下午吃过茶点后,她就没什么事可做了。七点,天就快黑了。那天轮到埃米莉晚上休息外出,我以为房间里只有玛丽·安一个人,但当我沿着过道走时,我听见了说话的声音和笑声。我猜应该有人来看玛丽·安了。灯是亮着的,但有一层厚厚的绿色罩布,厨房里几乎一片漆黑。我看见桌子上有一个茶壶和几个杯子。玛丽·安正在和她的朋友喝晚茶。当我打开门时,谈话戛然而止,然后我听到一个声音。

"晚上好。"

我大吃一惊,原来玛丽·安的朋友就是德里菲尔德太太。

玛丽·安看到我这么惊讶，笑了笑。

"罗茜·甘恩来和我一块儿喝杯茶。"她说。

"我们正在聊往日的生活。"

我看到玛丽·安有些害羞，但其实还没我害羞。德里菲尔德太太天真、淘气地对我笑了笑，十分自在。不知为何，我注意到了她的裙子。我想可能是之前我从未见到过她穿得如此华丽。她的上衣是淡蓝色的，腰身很紧，袖子很大，长裙的下摆有荷叶边。她戴着一顶黑色的大草帽，上面有许多玫瑰花、树叶和蝴蝶结。这显然是她星期天在教堂里戴的那顶帽子。

"我想，如果我继续等着玛丽·安来看我，那我就得等到世界末日了，所以我想我最好来看她。"

玛丽·安不自然地咧嘴一笑，看得出来她并没有不高兴。我拿了我想要的东西，快速地离开了厨房。我来到了花园，漫无目的地散步。我走到路边，在大门口往外看。夜幕降临。不久后，我看到一个身影正在漫步。我注意到了，那个人在来来回回地走着，好像在等人。一开始我以为是爱德华·德里菲尔德，我刚要出去，他就停下来了，点燃了一支烟；我看到那是乔治勋爵。我纳闷他在那儿做什么，突然想到他可能正在等德里菲尔德太太。我的心跳得飞快。虽然我站在暗处，但还是退到树丛后。我站了几分钟，看见侧门开了，玛丽·安送德里菲

第七章

尔德太太出来了。我听见了德里菲尔德太太在碎石路上的脚步声。她来到大门口,打开了门。"咔嗒"一声,门就开了。听到开门声,乔治勋爵穿过马路,不等她出来就溜了进去。他把她抱在怀里,给了她一个大大的拥抱。她轻轻地笑了笑。

"别弄乱我的帽子。"她小声说。

我离他们不到三英尺,害怕他们会注意到我。我为他们感到羞愧。我紧张得浑身发抖。他们抱了一会儿。

"在花园怎么样?"他小声说。

"不行,那孩子在那儿。我们去田里。"

他搂着她的腰走出了大门,消失在夜色中。现在我感到我的心怦怦直跳,几乎无法呼吸了。我被眼前的情景惊呆了,无法理智思考。如果能告诉别人这件事,我愿意付出任何代价,但这是个秘密,我必须保守这个秘密。知道这样一个重要的秘密,我感到异常激动。我慢悠悠地走回房子,从侧门走了进去。玛丽·安听到门的响动,叫了我一声。

"是威利少爷吗?"

"是我。"

我看向厨房。玛丽·安正把晚餐放在托盘上,准备拿进餐厅。

"我不会跟你叔叔说罗茜·甘恩来过这儿。"她说。

"噢,别说。"

"太令我震惊了。当我听到有人敲侧门,打开门,看到罗茜站在那里时,我难以置信。她说'玛丽·安',我还没反应过来,她就把我的脸亲了个遍。我只能邀请她进来。她进来后,我只好请她喝杯茶。"

玛丽·安急于为自己辩护。她之前说德里菲尔德太太的坏话,我却看到她们在一起有说有笑的,我感到很奇怪。我并不想在她面前表现得得意扬扬。

"她并不是个坏女人吧?"我说。

玛丽·安笑了。尽管她的牙齿黑黑的,还有很多蛀牙,但她的微笑中带着一丝甜蜜和动人。

"我不知道怎么回事,就是忍不住喜欢她。她在这儿待了快一小时,我得替她说句话,她从未矫揉造作。她跟我说,她穿的那件衣服的料子每码要十三英镑十一先令,我相信她的话。她什么事情都还记得,她还记得她小时候,我以前是怎么给她梳头的;吃茶点时,我怎么让她去洗手。你知道的,有时她妈妈会让她到我家和我们一起喝茶。那时候,她美得像幅画。"

玛丽·安回首往事,她那张皱巴巴的脸有些伤感。

"噢,好了,"停了片刻她说,"我敢说,只要大家知道真相,她也不比其他人差。她比大多数人受到更多的诱惑,我敢说,那些指责她的人如果也受到这么多诱惑,恐怕并不会比她做得更好。"

第八章

天气突然转凉了，大雨倾盆。我们的短途骑行也只好结束了。但我并不觉得惋惜，因为我看到德里菲尔德太太和乔治·坎普幽会后，我不知道如何面对她。我更多的是惊讶，而不是震惊。我不明白她怎么会喜欢和一个老头子亲吻，我读过许多小说，这些小说让我脑海中浮现出一个奇怪的念头，不知怎么的，乔治勋爵控制了她，用他知道的一些可怕的秘密，强迫她屈服于他那令人厌恶的拥抱。我的脑海里萌生了很多可怕的想法，也许是因为重婚、谋杀、伪造罪。小说中很多坏人往往以泄露这些隐私来威胁某个不幸的女性。德里菲尔德太太可能签下了一张票据；我一直不能完全理解这意味着什么，但我知道后果是灾难性的。我幻想着她的痛苦（漫长的不眠之夜，她穿着睡衣坐在窗前，金黄色的长发垂到膝盖上，无望地等待着黎明的到来），又想象着我自己（不是一个每个星期只有六便士零用钱的十五岁男孩，而是一个留着上了蜡的胡子、肌肉强健、穿着完美晚礼服的高个子男人）借着胆识和智慧，把她从那个敲诈勒索的流氓手中解救出来。可是，我并没有看出她极不情愿地屈服于乔治爵爷的爱抚，却听到了她的笑声。我之前从未听到过那种笑声，那种声音让我感到奇怪且难以呼吸。

接下来，我又一次见到了德里菲尔德夫妇。我在镇上偶然遇到了他们，他们停下来跟我说话。我突然感到很害羞。我看到德里菲尔德太太，不禁尴尬地脸红了，因为从她的脸上看不出有什么罪恶的秘密。她那双蓝眼睛温柔地看着我，带着天真的淘气。她常常微张着嘴，好像马上就准备笑了，她的嘴唇饱满且红润。她一脸真诚和天真，还有一种天真的坦率，虽然当时我无法表达出来，但我强烈地感受到了。如果用言语表达出来，我想我应该会说：她看起来非常诚实，不可能与乔治勋爵有不当行为。肯定有什么理由，我不相信我的眼睛所看到的。

返校的日子到了。马车夫已经把我的箱子带走了，我一个人走到车站。我没让姐姐送我去学校，觉得自己一个人去更有男子汉气概。但我在街上走着，感到很沮丧。我沿着小路前往特坎伯里，车站在小镇的另一端，靠近海滩。我拿着车票，在三等车厢的角落里坐了下来。突然我听到一个声音"他在这儿"，德里菲尔德夫妇高兴地朝我这边跑过来。

"我们觉得必须来送你去学校，"她说，"你难受吗？"

第八章

"不难受,一点儿都不。"

"噢,好吧,不会很久的。当你回来过圣诞节时,我们玩个痛快。你会滑冰吗?"

"不会。"

"我会。我可以教你。"

她高昂的情绪也带动了我。想到他们来车站跟我道别,让我有些哽咽。我尽量不让情绪表现在脸上。

"这学期我会花不少时间踢橄榄球,"我说,"我应该会成为乙级橄榄球队的一员。"

她用和善明亮的眼睛看着我,红润的嘴唇挂着一丝笑意。她的微笑中有一种我一直很喜欢的东西,她的声音似乎因笑声或泪水而颤抖。瞬间一种不好的感觉油然而生,我害怕她亲我。我吓得慌了神。她不停地讲话,温和中带些幽默,就像大人对上学的孩子那样。德里菲尔德站在那儿,一言不发。他满眼笑意地看着我,然后捋了捋胡子。站警吹响了口哨,挥舞着一面红旗。德里菲尔德抓起我的手,走上台前来。

"再见,"他说,"这是给你的一些东西。"

他把一个小袋子放在我手上。火车出发了。打开袋子后,我发现用纸包裹的是两枚半克朗(五先令)银币。我脸红到脖子根。我很高兴又有了五先令,但是一想到爱德华·德里菲尔德竟敢给我小费，我既生气又感到受了侮辱。我不可能接受他的任何东西。诚然，我和他一起骑自行车，一起乘船航行，但他并不是老爷（这是我从格林考特少校那里学到的），给我五先令对我来说是一种侮辱。一开始，我想一句话都不说把钱还给他，用我的沉默表现出我对他的过失行为是多么愤怒，然后我在脑子里构思了一封庄重而冷淡的信，信中我感谢他的慷慨，但他一定明白一个绅士是不可能接受一个陌生人给的小费。我反复想了两三天，每天我都难以割舍这两枚半克朗银币。我确信德里菲尔德是出于好意，当然他的行为很不礼貌，什么礼节都不懂；如果我把钱还给他，太伤他的心了。最后，银币我自己花了，但我没有写信感谢德里菲尔德。这抚平了我受伤的自尊心。

然而，圣诞节到来了。我回到了黑马厩镇过节，我最期待见到的还是德里菲尔德夫妇。在这个经济不发达地区，似乎只有他们与外面的世界取得联系，我对外面的世界抱有各种幻想。但是我又无法克服害羞，不敢去他家，希望能在镇上碰到他们。但是天气特别糟糕，刺骨的狂风呼啸着吹过街道，几个出门办事的妇女身上的长裙被吹起来，就像风中渔船的风帆。冰冷的雨随着这场大风突然而来，夏天，天空从四面八方热乎乎地包围着这片乡野，现在天空变成了一片黑沉沉的大幕，气势汹汹地压向大地。偶遇德里菲尔德夫妇的可能性不大，最后，在一天的下午茶后，我鼓起勇气溜了出去。前往车站的那条路黑漆漆的，车站再往前走有几盏昏暗的路灯，让我可以毫不费力地向前走。德里菲尔德夫妇就住在这条街上的两层小楼房里。这栋楼房是暗黄色的，还有一个圆肚窗。我敲了门，不久后一位小女仆就打开了门。我问德里菲尔德太太在不在。她眼神含糊地看着我，并说了句她要去看看，让我在过道里等着。我听见隔壁房间里的声音，但当她打开门，走进去后随手把门关上时，那声音就停下了。我隐约感到有些神秘；到我叔叔的朋友家拜访时，即使没有生火，主人也会把煤气灯点燃，还会带我去客厅。门开了，德里菲尔德出来了。过道里只有一点光亮。一开始，他还没看清我的面貌，但马上他就认出了我。

"噢，是你。我们正想何时去看你。"然后他大叫，"罗茜，是你的小阿申登。"

我听到一声喊叫，还没等我开口，德里菲尔德太太就走出了过道，跟我握手。

"进来，进来。脱掉外套吧。天气很糟吧？你肯定冷得要命吧。"

她帮我脱下了外套和围巾，拿着我手里的帽子，带我进了房间。这个小房间又热又闷，摆满了家具，壁炉里生着火；他们有煤气灯，我们家里没有。三个装在磨砂玻璃圆罩里的火焰使房间里到处都是刺眼的光线。空气中弥漫着带着烟草味的烟雾。一开始，我被他们的热情弄得不知所措，然后又吃了一惊，没有看清我进来时站起来的那两个人是谁。然后我看到他们是助理牧师盖尔威先生和乔治·坎普勋爵。我觉得助理牧师和我握手时有些放不开。

"你好，我只是来还德里菲尔德太太借给我的几本书，德里菲尔德太太非常客气地请我留下来喝茶。"

我并未看到德里菲尔德疑惑地看着他，但我感觉到了。他说了一些关于不义之财的话，我知道这是一句引语，但没有领会其中的意思。盖尔威先生笑了。

"这我不知道，"他说，"说说税吏和罪人吧，怎么样？"

我觉得他的话不得体，但我立刻被乔治勋爵问住了。他毫无拘束。

"嘿，小家伙，回家过圣诞节假期吗？哎呀，你长得好大了啊。"

我冷冷地和他握了握手。我真希望我没来。

"我给你来杯浓茶吧。"德里菲尔德太太说。

"我已经喝过茶了。"

"再喝点吧，"乔治勋爵说，说话的语气好像他就是这里的主人（这就是他的风格），"像你这样的大小伙子，还可以再吃一块黄油果酱面包，德里菲尔德太太会用她漂亮的手给你切一块的。"

茶点摆在桌子上，他们围坐在桌子旁。德里菲尔德太太给我搬来一把椅子，给了我一块蛋糕。

"我们正让爱德华唱首歌，"乔治勋爵说，"唱吧，爱德华。"

"唱《都只为爱上一个大兵》，爱德华，"德里菲尔德太太说，"我喜欢那首歌。"

"不，唱《我们先用他拖地》。"

"如果你不介意，我两首都唱。"德里菲尔德说。

他拿来了放在小型立式钢琴上的班卓琴，调音后就唱了起来。他是浑厚的男中音。我习惯了听别人唱歌。无论是在牧师公馆举办茶会，还是在少校或医生家里举办茶会，人们总会带上自己的乐谱。为了不让别人觉得他们自己想演奏或唱歌，他们把乐谱放在大厅里；但是喝完茶后，女主人会问他们是否带了乐谱。他们会害羞地承认自己带了。如果在牧师公馆，我就会被叫去帮他们拿乐谱。有时，年轻的女士会说已经很久没演奏了，没有带任何乐谱，然后她的母亲会插话，说她帮她女儿带了。但他们唱的不是滑稽歌曲，而是《我将为你唱阿拉比之歌》《晚安，亲爱的》《我心中的女王》。有一次在礼堂举办的一年一度的音乐会上，服装商史密森（Smithson）唱了一首滑稽的歌，虽然大厅后面的人热烈鼓掌，坐在前面的绅士们却看不出有什么好笑的。可能那首歌一点儿都不滑稽。不管怎样，他参加下次音乐会时，被告知在挑选歌曲时更谨慎点（"史密森先生，别忘了现场还有女士"），因此他改唱《纳尔逊之死》。德里菲尔德唱的第二首歌曲中有段合唱，助理牧师和乔治勋爵劲头十足地加入其中。后来我听了很多遍，但我只记得其中的四句：

我们先用他拖地；

把他在楼梯上拖上拖下；

然后我们拖着他在房间里转了一圈，

伸到桌下，拽到椅子上。

这首歌唱完后，我假装客套礼貌地转向德里菲尔德太太。

"你怎么不唱？"我问。

"我唱，但唱得太难听了，所以爱德华不鼓励我唱。"

德里菲尔德放下了他的班卓琴，点燃了烟斗。

"嘿，爱德华，你之前的那本书怎么样了？"乔治勋爵真诚地问。

"噢，还可以。我还在写，你知道的。"

"爱德华和他的书都是好样的，"乔治勋爵笑了，"你为什

第八章

么不安定下来，找点体面的事做呢？我会在我的公司帮你谋一个职位。"

"噢，我这样挺好的。"

"你就让他继续吧，乔治，"德里菲尔德太太说，"他喜欢写作。要我说，只要写作能让他开心，何乐而不为呢？"

"好吧，我不会假装对书感兴趣。"乔治·坎普说。

"那就不要聊这些了。"德里菲尔德笑着打断了对话。

"我认为任何一个写了《费尔黑文》(*Fairhaven*)的人无须感到羞耻，"盖尔威先生说，"我并不在乎评论家的评论。"

"好吧，爱德华，我从小就认识你，但我怎么也看不懂你的书。"

"噢，拜托，我不想再聊书了，"德里菲尔德太太说，"再给我们唱首歌吧，爱德华。"

"我得走了。"助理牧师说。他转向我："我们可以一起走。德里菲尔德，你有什么书可以借我看看吗？"

德里菲尔德指着墙角桌子上堆着的一堆新书。

"随你挑。"

"天啊，真多啊！"我贪婪地看着那些书。

"噢，全都是垃圾。都是寄来写评论的。"

"你准备怎么处理？"

"把它们带到特坎伯里,卖个好价钱。卖了好去买肉。"

助理牧师腋下夹着三四本书,和我一起离开了。助理牧师问我:

"你告诉你叔叔来看望德里菲尔德夫妇了吗?"

"没有,我只是出来散散步,突然想到去他们家看看。"

我这句话当然与事实有些出入,但是我并不介意告诉盖尔威先生,虽然我实际上已经长大了,但我叔叔却没有意识到,所以他还是阻止我去见他不喜欢的人。

"换作是我,除非万不得已,我什么都不会说。德里菲尔德夫妇一切都很好,但你叔叔不太喜欢他们。"

"我知道,"我说,"这实在没道理。"

"当然,他们极其平凡,但他写的书还不错。想想他的出身,你会觉得他还能写作真是太棒了。"

我很高兴摸清了情况。盖尔威先生并不希望我叔叔知道他跟德里菲尔德夫妇关系很好。我可以肯定,无论如何他是不会出卖我的。

现在,德里菲尔德一直被视为维多利亚后期伟大的小说家之一,我叔叔的助理牧师提起德里菲尔德时那种居高临下的态度,现在回想起来会让人哑然失笑;但在黑马厩镇,人们提起他,一般都是这样的态度。有一天,我们到格林考特太太家去

第八章

喝下午茶。她的堂妹和她住在一起,她堂妹的丈夫是牛津大学的指导老师。我们听说她很有教养。她是恩科姆(Encombe)太太,一位满脸皱纹、待人热情的小个子女人。我们看到她惊呆了,因为她留着很短的灰色的头发,穿着一条黑色哔叽裙,裙摆刚过方头靴子的靴口。她是我在黑马厩镇见到的第一位新女性。我们吓了一跳,立即有了提防之心。她看起来很聪明,这让我们有些害羞。(后来我们都取笑她,我叔叔对我婶婶说:"哎呀,亲爱的,我很庆幸你并不聪明,至少我不用受那个罪。"婶婶打趣地把叔叔在火炉边取暖的拖鞋套在自己的靴子上说:"看,我也是新女性。"然后我们都说:"格林考特太太真有趣,你永远猜不到她下一步会做什么。当然,她也没那么出众。"我们都忘不了她的父亲是制造瓷器的,而她的祖父曾是一名工人。)

但我们觉得听恩科姆太太谈起她认识的人倒挺有趣。我叔叔曾在牛津大学读书,但是他提起的人似乎都去世了。恩科姆太太认识汉弗莱·沃德[①](Humphry Ward)夫人,对她的作品《罗伯特·埃尔斯米尔》(*Robert Elsmere*)赞叹不已。我叔叔认为这是一件令人愤慨的作品,令他吃惊的是,自称是基督徒的格莱斯顿(Gladstone)先生竟也称赞这本书。他们就这

---

① 汉弗莱·沃德(1851—1920),英国畅销小说家。

本书引发了一场争论。我叔叔说他觉得这本书会把人们的思想带偏,让他们胡思乱想。恩科姆太太说如果我叔叔认识汉弗莱·沃德夫人就不会这么想。她是一位品格高尚的女性,是马修·阿诺德[①](Matthew Arnold)的外甥女,不管你对这本书本身有什么看法(恩科姆夫人自己也承认有些地方还是删掉为好),可以肯定的是,她写这本书的动机是非常崇高的。恩科姆太太也认识布劳顿(Broughton)小姐。布劳顿家境殷实,令人奇怪的是她写了那样的书。

"我没看出来有什么不妥之处,"医生的妻子海福思(Hayforth)太太说,"我喜欢她的书,特别是《她像玫瑰一样红》(*Red as a Rose is She*)。"

"你想让你的女儿读她的书吗?"恩科姆太太问。

"也许还不会,"海福思太太说,"但等她们结婚了,我应该不会反对。"

"有一件事你可能感兴趣,"恩科姆太太说,"去年复活节我在佛罗伦萨时,有人介绍我认识了奥维达[②](Ouida)。"

"那是另外一件事了,"海福思太太说,"我真不敢相信竟有女士会读奥维达写的书。"

---

① 马修·阿诺德(1822—1888),英国诗人、评论家。
② 奥维达(1839—1908),英国著名女作家。

第八章

"我出于好奇读了她的一本书,"恩科姆太太说,"我必须得说,我看这本书并不像出自一位有地位的英国女士之手,倒像是出自一位法国男人之手。"

"噢,但我知道她并不是一位真正的英国人。我一直听说她的原名叫雷米小姐(Mademoiselle de la Ramee)。"

那时盖尔威先生提到了爱德华·德里菲尔德。

"你知道的,我们这儿住了一位作家。"他说。

"我并不以他为傲,"少校说,"他是沃尔夫小姐管家的儿子,和一位酒吧女招待结婚了。"

"他会写作吗?"恩科姆太太问。

"你一眼就可以看出他不是一位绅士,"助理牧师说,"但要是你想到他要面对种种不利条件时,就会觉得他能写得这么好已经相当了不起了。"

"他是威利的一位朋友。"我叔叔说。

每个人都看着我,我感到很不适。

"他们去年暑假一起骑自行车,等威利回到学校后,我从图书馆借了一本他的书,看看怎么样。我看了第一卷就还回去了。我给图书馆馆长写了一封措辞特别严厉的信,很高兴听到图书馆不再馆藏他的那本书了。如果那本书是我的,我会把它立刻丢在厨房的炉子里。"

"我看过他的一本书,"医生说,"我很感兴趣,因为故事就是以我们的这个社区为背景,我认识其中的一些人。但也说不上我喜欢这本书,我觉得没有必要写得这么粗俗。"

"我跟他说过,"盖尔威先生说,"他说开往纽卡斯尔运煤船上的运煤员、渔民和农场工人的行为和言语都不像绅士、淑女。"

"但是为什么要写那种人呢?"我叔叔问。

"那就是我想说的,"海福思太太说,"我们都知道世界上有粗俗、邪恶、恶毒的人,但我不明白写他们有什么好处。"

"我并不是为他辩护,"盖尔威先生说,"我只是传达他自己的解释。而且,当然他还提到了狄更斯。"

"狄更斯完全不同,"我叔叔说,"我认为没人能反对《匹克威克外传》(*Pickwick Papers*)。"

"我觉得这是品位问题,"我婶婶说,"我一直觉得狄更斯很粗俗。我可不想读那些省去"h"音的人物故事。我必须得说,现在天气很糟,但我特别开心,这种天气威利就不能和德里菲尔德一起骑车了。我觉得不能跟他那种人交往。"

盖尔威先生和我都低下了头。

第九章

黑马厩镇上圣诞节的欢乐氛围并没那么浓烈,只要一有空,我就去德里菲尔德紧邻公理教会教堂的小房子。我总能看到乔治勋爵和盖尔威先生。我们保守彼此的秘密,成为朋友。当我们在牧师公馆或做完礼拜后在更衣室见面时,我们顽皮地面面相觑。我们没有谈论我们的秘密,但我们乐在其中;我想我们都很畅快,因为我们知道愚弄了我叔叔。但是我突然想到,一旦乔治·坎普在街上遇到了我叔叔,可能会不经意地说他在德里菲尔德家经常见到我。

"乔治勋爵呢?"我问盖尔威先生。

"噢,我已经把他搞定了。"

我们咯咯地笑。我开始喜欢乔治勋爵了。起先,我对他很冷淡,彬彬有礼,但他似乎没有意识到我们之间的差距。我不得不断定,我客气却高傲的态度没能使他安分守己。他总是一副很热情、轻松愉快的样子,甚至有些吵吵闹闹;他用粗俗的方式取笑我，我也用学生的机智回敬了他。我们常常逗笑别人，这使我对他产生了好感。他总是吹嘘自己的宏才大略，他觉得我对他华而不实的想象力的取笑并无恶意。我很高兴听他讲关于黑马厩镇富人的故事，他把他们描述得很愚蠢。当他模仿他们的怪癖时，我往往大笑起来。他脸皮厚且粗俗，他的穿着方式总是能震惊到我（我从来没有去过纽马克特市，也没有见过驯马师，但我觉得纽马克特市的驯马师就长这样），并且他不讲究餐桌礼仪，但我发现我对他不再那么反感。他每个星期给我一份《粉红报》①（Pink'Un）让我带回家，我小心翼翼地藏在大衣口袋里，在卧室里阅读。

我在牧师公馆喝完茶后，才会去德里菲尔德家，但我总是设法在那里再喝一次茶。之后，德里菲尔德唱滑稽歌曲，有时用班卓琴伴奏，有时用钢琴伴奏。他那双高度近视的眼睛盯着乐谱，他会唱上一小时；他的嘴角露出一丝微笑，他喜欢我们所有人都加入合唱。我们会一起玩惠斯特牌。我在小时候就学会了玩惠斯特牌，在漫长的冬夜，我叔叔、婶婶和我常常在牧师公馆一起玩牌。我叔叔总是玩明手，虽然我们是为了消遣，但当我和婶婶输了的时候，我常常躲在餐桌底下哭。爱德华·德里菲尔德没有玩牌，他说他脑子转不过来。当我们开

---

① 《粉红报》，当时在英国盛行的报纸，用粉色纸张刊印、登载赛马消息。

第九章

始玩牌时,他会坐在火炉旁,手里拿着铅笔,读一本从伦敦寄给他写书评的书。我之前从未和三个人一起玩过,当然玩得不好,但是德里菲尔德太太有天生的牌感。她的动作一般都是从容不迫的,但一到打牌,她就敏捷而机警。她让我们其他的人都急得发狂。平时她说话不多,又说得很慢,但一出牌后,她就会和和气气、不厌其烦地指出我的错误。她不但头脑清楚,而且滔滔不绝。乔治勋爵取笑她,就像他取笑大家一样;她会对乔治的玩笑报以微笑。她很少放声大笑,有时还会巧妙地反驳。他们表现得不像情人,而像亲密的朋友,要不是她不时向他投来令我尴尬的目光,我早就忘了我所听到的和看到的关于他们的事。她静静地看着他,好像他不是一个人,而是一把椅子或桌子,目光中带着顽皮、稚嫩的微笑。然后我注意到他的脸似乎突然情绪高涨,乔治在椅子上不安地挪动着。我飞快地看了看助理牧师,生怕他会注意到什么,但他不是在专心玩牌,就是在抽烟斗。

我几乎每天都在那间闷热、烟雾缭绕的小房间里度过一两个小时,时间过得像闪电一样快。假期临近结束时,一想到接下来的三个月必须在学校里过枯燥的生活,我就感到沮丧。

"我不知道没了你我们会怎样,"德里菲尔德太太说,"我们只能玩明手牌了。"

我沾沾自喜。我一走,牌就玩不下去了。我在预习时,不愿想到他们正坐在那个小房间里,自得其乐,就好像没有我一样。

"你们复活节放假多久?"盖尔威先生问。

"大约三个星期。"

"放假了我们要一起欢快地玩耍,"德里菲尔德太太说,"天气应该不错。上午我们可以一起骑车,然后喝完下午茶后,我们一起玩惠斯特牌。你的牌技肯定会有所长进。如果在复活节假期我们一周打三四次牌,那么与任何人玩牌你都不会怕了。"

第十章

这学期终于结束了。在黑马厩镇下火车时，我特别高兴。我长大了点，在特坎伯里订做了一套蓝色哔叽料子的新西装，款式很漂亮，还买了一条新领带。我打算一喝完茶就去看看德里菲尔德。我满怀希望，希望搬运工能及时把我的箱子送来，好让我穿上新衣服。新衣服穿上后我显得很成熟。我已经开始每天晚上在上唇涂凡士林，让我的胡子长起来。在穿过城镇的路上，我朝德里菲尔德住的那条街望去，希望能看到他们。我本想进去跟他们打招呼，但我知道德里菲尔德上午写作，德里菲尔德太太还不太"体面"。我有各种各样令人兴奋的消息要告诉他们。比如，我在田径项目中赢得了百米赛跑第一名，在跨栏比赛中获得第二名。我打算争取在夏天获得历史学奖学金，所以在假期里要复习英国历史。虽然，当时刮着东风，但是天空蓝蓝的，空气中弥漫着春天的气息。现在回想起来，大街上的色彩被风吹得干干净净，轮廓分明，仿佛是用新笔画出来的，看上去就像塞缪尔·斯科特[①]（Samuel Scott）的一幅画，宁静、天真、舒适。但是那时我只看到了黑马厩镇的大街。当我走到铁路桥上时，我看到两三栋房子正在建造中。

"天哪，"我说，"乔治勋爵还真的做起来了。"

远处的田野里，白色的小羊蹦蹦跳跳。榆树刚刚抽出嫩绿的叶芽。我从侧门走了进来，我叔叔正坐在火炉旁的扶手椅上看《泰晤士报》。我对婶婶大喊了一声，她走下楼梯，看到我后，她那苍老的脸颊激动得露出了一丝红晕。用瘦削的双手搂住我的脖子。她说的每句话都合我的心意。

"你长大了！天哪，你马上就要长胡子了！"

我亲吻叔叔光秃秃的前额，站在火炉前，两腿自然分开，背对着火炉，一副成熟且谦逊的样子。然后，我上楼与埃米莉打招呼，在厨房与玛丽·安握手，最后去花园看望园丁。

当我饥肠辘辘地坐下来吃饭时，我叔叔切了块羊腿肉。我问婶婶：

"我不在时，黑马厩镇发生了些什么事？"

"没啥事。格林考特太太去蒙同待了六周，但她前几天回来了。少校患了痛风。"

[①] 塞缪尔·斯科特（1702—1772），英国风景画家。

第十章

"你的朋友德里菲尔德夫妇跑了。"我叔叔补充说。

"他们怎么了?"我大叫。

"跑了。他们有天晚上带着行李,直接去了伦敦。他们到处欠债,没有付房租,家具钱也没付。他们还欠屠夫哈里斯(Harris)将近三十英镑。"

"太可怕了。"我说。

"这已经够糟了,"我婶婶说,"但他们似乎已经三个月没有支付女佣的工资了。"

我惊呆了。我觉得我有点不舒服。

"我觉得以后,"我叔叔说,"你会更聪明点。我和你婶婶觉得不适合交往的人,你不会再来往了。"

"人们不禁为那些被他们欺骗过的商人感到难过。"我婶婶说。

"他们活该,"我叔叔说,"想不到他们会赊账给那种人!我以为谁都可以看出他们是投机取巧的人。"

"我一直想知道他们为什么来这儿。"

"他们只是想炫耀,我想他们觉得既然这儿的人都知道他们的本性,就更容易赊账了。"

我认为我叔叔的话并不合理,但我还是被压得喘不过气。

我一有机会,就去问玛丽·安这回事。令我惊奇的是,她对这件事的态度跟我叔叔婶婶完全不同。她咯咯地笑。

"他们骗过了所有人,"她说,"他们花钱随意,所有人都觉得他们很富有。在肉店里,老板总是把颈部最好的那边卖给他们;当他们想吃牛排的时候,老板会把牛腰部下侧的嫩肉卖给他们。还有芦笋和葡萄等我不知道的东西。他们在镇上的每家店铺都欠债,我不知道人们怎么会这么傻。"

但很明显,她说的是那些商人,而不是德里菲尔德夫妇。

"但是他们是怎么偷偷地跑了呢?"我问。

"唉,每个人都在问这个问题。他们说是在乔治勋爵的帮助下逃跑的。我问你,如果不是乔治把箱子放在他那辆马车里,他们怎么把箱子运到车站呢?"

"他这么说?"

"他说他全然不知道。当他们发现德里菲尔德夫妇在夜间带着东西潜逃时,全镇发生了罕见的骚动。我感到很好笑。乔治勋爵说他根本不知道,装作和其他人一样惊讶。但我一句话都不相信。我们都知道罗茜结婚前他俩的事。就我俩私下说,我觉得他们的关系并没结束。他们说去年夏天有人看见他们一起在田野里散步。乔治几乎每天都在他们家进进出出。"

"怎么发现他们逃走的?"

"嗯,是这样的。他们家有个女孩,他们告诉她可以回家

第十章

和她妈妈一起过夜,但她要在早上八点之前回来。当她回来后,进不了屋了。她敲门,按门铃,但没人回应,于是她走进隔壁,问那家的女士她该怎么办,那位女士说她最好去警察局。警官和她一起回来了,敲门,按门铃,但还是没人回应。接着警官问那姑娘,他们是否给她发工资。那姑娘说都三个月没有发工资了。然后警官说,你相信我的话,他们趁黑夜逃跑了,肯定是这样。他们进屋后,发现他们把所有的衣服都带走了,还有他们的书——他们说爱德华·德里菲尔德有一大堆书——还有所有属于他们的东西。"

"从那以后就没有他们的消息了吗?"

"唉,也不是完全没有。他们走了一个星期以后,那姑娘收到了一封从伦敦寄来的信。她打开信封,里面没有信或其他东西,只有一张给她发工资的邮政汇票。在我看来,不拖欠一个可怜姑娘的工资,这件事我觉得干得漂亮。"

我比玛丽·安更震惊。我是个体面的年轻人。读者们可能会注意到,我接受了我所在阶层的习俗,如同它们是自然规律一样,虽然书中描写的德里菲尔德夫妇欠下巨额债务在我看来富有浪漫色彩,而且在我的想象中,负债人和债主都是熟悉的形象,但我认为不偿还欠债是吝啬且卑鄙的。当人们当着我的面谈论德里菲尔德夫妇时,我听得很困惑;当人们说他们是我的朋友时,我说:"见鬼!我只是认识他们。"要是人们问我:"他们是不是非常粗俗?"我会说:"好吧,不管怎么说,但他们并不是维尔·德·维尔斯(Vere de Veres)之类的人物,你知道的。"可怜的盖尔威先生极其沮丧。

"当然我觉得他们并不富有,"盖尔威先生告诉我,"但我认为他们过日子的钱还是够的。房子里的陈设很好,钢琴是新的。我从来没有想过他们每一件东西都没付过钱。他们从不吝惜自己,却深深地伤害了我。以前常去看他们,我以为他们喜欢我。他们热情好客。你简直不敢相信,最后一次和我握手时,德里菲尔德太太叫我第二天去,德里菲尔德说:'明天下午茶吃松饼。'但其实他们已经把所有的东西都在楼上打包好了。就在那天晚上,他们乘最后一班火车去了伦敦。"

"乔治勋爵怎么说?"

"说实话,我最近并没有特意去看他。这对我来说是一个教训。有一句关于交友不善的谚语,我想我最好把这句话记在心里。"

我对乔治勋爵有同样的感觉,也有点紧张。如果乔治勋爵突然告诉别人,我整个圣诞节几乎每天都去德里菲尔德夫妇家,我叔叔听到后,预计会有一场不愉快的争吵。我叔叔会指责我欺骗、搪塞、不听话,行为不像个绅士。我一时不知如何

第十章

回答才好。我很了解我叔叔，知道他不会放过这件事。他每年都会提起我的过错。我很高兴没有见到乔治勋爵，但是后来有一天我在大街上碰见了他。

"你好，小伙子，"乔治大喊，用我特别讨厌的方式跟我说话，"我猜你是回来度假的吧。"

"你猜的很对。"我以一种自以为尖酸讽刺的语气回答说。

"你说话可真刺耳，当心弄伤了自己，"他由衷地说，"好吧，看来你我之间再也玩不了惠斯特牌了。现在你知道入不敷出的后果了吧。我总是对我孩子说，如果你赚到一英镑，但你花了十九先令六便士，你才会成为有钱人，如果你花费了二十先令六便士，你就会成为乞丐。小伙子，小财不乱花，大财自然来。"

虽然他是这样说的，但他的话语里并没有赞同的意思，而是一阵笑声，仿佛心里窃笑这些令人钦佩的格言。

"听说你帮他们逃跑了。"我说。

"我？"他的脸上露出极其惊讶的表情，但他的眼睛里闪烁着诡秘的笑意，"哎呀，人们来告诉我德里菲尔德夫妇连夜逃跑时，我大吃一惊。他们欠我四英镑十七先令六便士的煤钱。我们都被骗过去了，连可怜的老盖尔威也不例外，他从来没有吃过松饼茶点。"

我从来没有觉得乔治勋爵如此厚颜无耻。我本想回怼他，让他无话可说，但我实在想不出什么话来，就说我得走了，然后草草地点了点头，就离开了。

第十一章

我等阿尔罗伊·基尔时陷入了沉思。当我想到爱德华·德里菲尔德晚年的显赫声望,以及他籍籍无名时这件卑劣的事时,我轻声地笑了。我想知道是否因为在我少年时期,周围的人并不尊重这位作家,所以我没有在他身上看到当代批评家最终所赋予他的那些突出优点。长期以来,人们认为他的语言很糟糕。的确,他的作品给人的印象是用钝头铅笔写的;他的文笔矫揉造作,混用古典英语和俚语,令人感到不适。他作品里的对话并不像出自普通人。在他职业生涯的末期,他用口述的语气写书,带有口语的轻松感,流畅且清晰。这时,评论家又回过头去看他中年时期创作的小说,发现在他的语言里有一种强健而生动的活力,非常适合作品的主题。他创作的鼎盛时期正值"辞藻华丽文风"流行之时,他的作品中有许多描写性的段落,这些段落被收进了很多英国散文选集中。他描写大海、肯特郡森林里的春天和泰晤士河下游的日落的段落都很有名。

但我读起来觉得不那么带劲，这让我感觉有些羞愧。

我年轻时，虽然爱德华·德里菲尔德的书销量很少，其中一两本还被图书馆禁止借阅，但崇拜他成了一种文化标志。人们认为他是大胆的现实主义作家，是用来打击庸俗市侩的利器。有人凭借灵感突然发现，他笔下的水手和农民都是莎士比亚式的，思想前进的人们聚在一起时对他笔下乡下人粗俗的冷幽默发出狂喜的尖叫。这是爱德华·德里菲尔德能轻轻松松提供给读者的。看到他在书中写到水手舱或酒吧间时，我的心一沉。我知道接下来会有五六页用方言写的对生命、伦理和不朽等主题的滑稽评论。但是，我承认，我一直觉得莎士比亚的小丑很乏味，他们无数的后代令人无法忍受。

德里菲尔德的长处显然在于他对自己最熟悉的社会阶层的描写，比如农民、农场工人、店主、酒吧招待、船长、船员、厨师和一等水手。他描写生活中地位较高的人物时，即使是他最热情的崇拜者，也一定会感到有点不适；他笔下优秀的绅士完美得令人难以置信，出身高贵的女士们是如此善良、纯洁、高贵。即使看到她们只能用多音节的高雅词汇来表达自己，你也不会感到惊讶。他笔下的女性缺乏活力。但在这儿，我再次强调这是我自己的看法；大多数人和最著名的评论家一致认为，他笔下的女性是非常迷人的典型英国女性，意气风发、英

第十一章

勇无畏、情操高尚，常被拿来与莎士比亚笔下的女主人公相提并论。我们当然知道女性经常便秘，但是在小说中被她们描绘成完全没有直肠的人，在我看来这确实对女性过于殷勤。我很惊讶，她们居然愿意看到自己被描写成这样。

评论家可以迫使世人注意一个非常平庸的作家，也可以让世人对一个毫无长处的作家发狂似的喜爱，但这两种情形都不会长久。我不禁想到，没有哪位作家能像爱德华·德里菲尔德那样，在没有好的天赋的情况下，还能一直吸引公众。精英们会嘲笑受欢迎的作家，甚至倾向于认为这是平庸的表现；但他们忘记了，后代人不是从某个时期不知名的作家中做出选择，而是从著名的作家中做出选择。可能某部值得永久流传的杰作刚出版就夭折了，但后人永远不会听说这件事；后人也许会摒弃当今所有的畅销书，但最终必须在其中做出选择。无论如何，德里菲尔德在他们的选择范围内。他的小说碰巧让我感到厌烦。我觉得他的小说长篇大论，试图用一些耸人听闻的事件来激起迟钝读者的兴趣，我对此无动于衷，但他确实有诚意。在他最好的作品中，有生活的激情，在所有作品中，你都能感受到作者神秘的个性。对他早期创作中表现出的现实主义倾向，人们或赞扬或指责；由于评论家性格不同，有人称赞他的真实，有人指责他的粗俗。但是现实主义已经不再是人们讨论的话题，图书馆的读者将从容面对在上一代人看来可能会极力回避的障碍。那些具有文学修养的读者看到这里可能会想起德里菲尔德去世时《泰晤士报文学增刊》上刊登的头条文章。作者以爱德华·德里菲尔德的小说为评论对象，写了一首可以称为对美的赞美的美文。读过这篇文章的人会对文章中那种使人联想到杰里米·泰勒（Jeremy Taylor）气象堂皇的散文的华丽文辞、那种敬畏和虔诚的气息以及所有那些高尚的情操，留下深刻的印象，总之，用来表达这一切的文体华美而不过分，语调悦耳而不乏阳刚之气。这篇文章本身就是一种美。如果有人说爱德华·德里菲尔德是个幽默作家，穿插个小笑话就能使这篇赞美的文章不那么悲伤，那么我必须回答说，这毕竟是一篇悼词。众所周知，美并不欢迎幽默向它怯懦地靠近。罗伊·基尔谈起德里菲尔德时，认为无论他犯了什么错，都能被他作品字里行间弥漫的美所弥补。现在回想起我们上次的谈话，我想最让我恼火的就是这句话。

三十年前，文学圈最流行的内容就是上帝。信仰上帝是一件体面的事，记者常常使用上帝修饰一个短语或平衡一个句子。上帝不流行后（奇怪的是，板球和啤酒也不流行了），牧神进入大众的视野。在上百部小说中，草地上留下了他的印记；诗人看见他出没在伦敦公园的晨曦和暮色中，萨里郡和

第十一章

新英格兰的文学女士们——工业时代的女神——将自己的童贞交给了他神秘又粗暴的拥抱。在精神上，她们也不一样了。但是潘神不流行后，美取而代之。人们可以在描写一条大比目鱼、一条狗、一幅画、一个动作、一件衣服的短语中见到美这个字眼儿。许多年轻女性——写出了很有前景、能够展示她们才能的小说的女性——用各种方式谈论美，从含沙射影到说笑逗趣，从热情洋溢到娇媚迷人。还有一些刚从牛津大学毕业但仍在牛津的光辉中徘徊的年轻人在周报上告诉我们应该怎样看待艺术、人生和宇宙，却在写得密密麻麻的书稿上漫不经心地挥洒着这个字眼儿。不幸的是，这个词被用烂了。天哪，他们用得可真勤啊！理想可以用许多名字来表达，美只是其中之一。我在想，这种对美的助威是否只不过是那些不能适应这个英勇的机器时代人们的痛苦呐喊。我不知道，他们（这个可耻的时代里的小耐尔[①]）对美的热爱是否只不过是一种多愁善感。也许下一代人更能适应生活的压力，不会在逃避现实中寻找灵感，而是在热切地接受现实中寻找灵感。

我并不知晓他人是否跟我有同样的感受，我不能长时间审视美。在我看来，没有哪位诗人的诗句比济慈的《恩底弥翁》（*Endymion*）的第一行写得更假了。当我从美丽的事物中感受

[①] 小耐尔，狄更斯的作品《老古玩店》里命运悲惨的人物。

到一种神奇的魔力时，我的思绪便随处飘荡；有些人告诉我，他们对着一幅画可以看好几个小时，我心中充满了疑虑。美是一种让人极其兴奋的情绪，就像饥饿的感受一样简单。关于美真的没什么可说的。美就像玫瑰散发的芳香，你能闻到花香，仅此而已。这就是那些艺术批评令人厌烦的原因，除非这些批评与美无关，因此也与艺术无关。至于提香①（Titian）的《基督下葬》（*Entombment of Christ*），这幅画是世界上所有画中拥有最纯粹的美的画，评论家能告诉你的就是去欣赏它。其他能告知你的就是这幅画的历史或画家的传记以及类似的内容。但是人们会在美中注入其他特质，比如庄严、人情味、柔情和爱，因为美无法让人获得长久的满足。美是尽善尽美的，但是完美只能短时间地引起我们的注意（人性本如此）。看过《费德尔》（*Phèdre*）说"这到底证明了什么"的数学家并不像一般人所说的是个傻瓜。除非把与美无关的因素考虑进来，没有人能够解释为什么帕埃斯图姆的多立克神庙比一杯冰啤酒更美。美是一条死胡同。美就是山峰，一旦登顶，就无处可去。这就是为什么我们最终觉得埃尔·格列柯②（El Greco）比提香更能吸引我们，莎士比亚不完美的成就比拉辛（Racine）的完

---

① 提香（约 1488—1576），意大利文艺复兴后期威尼斯画派代表画家。
② 埃尔·格列柯（1541—1614），西班牙文艺复兴时期著名幻想风格主义画家。

第十一章

美作品更迷人。与美相关的内容太多了,所以我也就多写了一些评论。美是满足审美本能的东西。但谁想满足呢?只有笨蛋才会觉得,饱食就像一顿盛宴。让我们面对现实吧:美有点令人厌烦。

但是评论家关于爱德华·德里菲尔德的评论自然都是些无稽之谈。他显著的长处并不是为他的作品注入活力的现实主义,不是其作品所具有的美感,不是对水手的生动描绘,也不是对盐碱的沼泽、暴风雨、风和日丽和小村庄的诗意描写,而是他的长寿。敬老是人类最令人钦佩的品质之一,我可以有把握地说,我们国家比其他国家更加尊敬老人。其他民族对于老人的敬畏和热爱往往是柏拉图式的,但我们会付出实际行动。除了英国人,还有哪国人会挤在科文特花园皇家歌剧院来听一个嗓音沙哑的老歌唱演员演唱呢?除了英国人,还有哪国人会花钱去看一个年老体弱、几乎难以迈开腿的舞蹈演员跳舞呢?在间歇的时候还会对别人赞叹说:"天哪,先生,你知道他已经六十多岁了吗?"但与政治家和作家相比,这些人还年轻。我常常想一位扮演男主角的年轻演员必须性情温和,否则,看到公众人物和作家七十岁时还处于鼎盛时期,而他必须结束职业生涯时,他心里才会很难受。一个人四十岁时是政客,七十岁时就成为政治家了;在七十岁的时候,你去当售货员、园丁或警察厅的裁判官都会被嫌弃年纪太大了，但正好成熟到可以管理一个国家。这并不奇怪，你回想一下，从很早的时候，老年人就向年轻人灌输年长者比年轻人更有智慧，在年轻人未来得及发现这是谬论时，他们就已经老了，老年人靠这样的骗术获利不少。此外，凡是与政界的人交往过的人都能发现（如果可以从结果来判断）统治一个国家不需要多少智力。但是为什么作家年龄越大就越受人尊敬，这个问题一直困扰着我。我曾一度认为，二十多年来没有创作出任何令人感兴趣的作品的作家被予以赞扬，主要原因是年轻人不再害怕与他们竞争，可以放心地颂扬他们的功绩。众所周知，对那些并不令人畏惧的竞争对手予以赞扬是一种好办法，有助于阻止与你竞争的人。但这是对人性的轻视，无论如何我也不愿被人指责为卑鄙的愤世嫉俗者。经过深思熟虑，我得出了这样的结论：对于超过平均寿命的作家，在他们垂暮之年之所以能得到人们的普遍称赞，是因为聪明的人过了三十岁就什么文章也不读了。随着年龄的增长，年轻时读过的书由于浸染着他们青春的光华而富有魅力，每一年他们都会给这些书的作者添加更多的优点。当然，这位作家还要继续创作，必须出现在公众视野中。如果认为只写一两本杰作就够了，这是不可取的，他必须创作四五十本并不出彩的作品为那一两本杰作做铺垫。这需要时间。作品必须

第十一章

是这样的,即如果作家不能用作品的魅力来吸引读者,可以用数量来震撼读者。

如果正如我所想的那样,长寿就是天才,我们时代很少有人能像爱德华·德里菲尔德那样令人艳羡地享受这一荣耀。六十岁时(有文化教养的人对他各有想法,并不看重他),他在文学界仅仅是受到一定尊重而已;最好的评论家称赞他,但也只是适可而止地评论;年轻人往往轻浮地嘲笑他。人们一致认为他有天赋,但是并没有一个人称他为英国文学的辉煌人物。他庆祝七十岁生日时,一种不安笼罩了整个文学界,如同在东方的海面上将要袭来的台风在水面掀起了一阵波澜,人们逐渐清楚,我们中间一直生活着一位伟大的小说家,而没有察觉。人们争相在各大图书馆借阅德里菲尔德的书,数百支笔在布鲁姆斯伯里、切尔西等文人聚集的地方忙碌起来,写下了对他小说的赞赏、研究、随笔和评论,简短且亲切,或冗长而热情。这些书多次印刷,有全集版,也有精选版,价格不等,有的是一先令三便士,有的是五先令六便士,有的是二十先令。人们分析他的语言风格,研究他的哲学思想,剖析他的写作技巧。在爱德华·德里菲尔德七十五岁时,人人都认为他是位天才。在他八十岁时,他成了英国文坛的泰斗。直到去世,他一直享有这个称号。

现在环视整个文学界，令人悲哀的是，没人能够取代他的位置。几位七旬作家异军突起，他们显然觉得自己无须费什么劲就可以填补这个空位。但很明显，他们缺乏某些东西。

虽然花了很长篇幅来叙述这些回想，但是它们在我脑海中只是一闪而过。过往杂乱无章地出现在我眼前，先是一件事，然后是以前的一段对话，为了方便读者，也因为我头脑清醒，我把这些回忆记录下来了。令我惊讶的是，即使过了那么长时间，我也能清楚地记得人们的长相，甚至他们所说的话的要点，但只是记不太清他们的穿着。我当然知道四十年前的人们，尤其是女性的穿着与现在大不相同，但是如果我回忆起来，也并不是当时的实际情形了，而是我最近从图片上所看到的旧时服饰。

当思绪还在漫游时，我听见了一辆出租车停在门口，接着门铃响了，不一会儿，就听到阿尔罗伊·基尔用洪亮的声音告诉管家他和我有约。身材高大的他进来了，真诚且热情友好；他散发的活力一下子摧毁了我从消逝的过去中建立起来的脆弱架构。他把我带回了咄咄逼人、不可避免的现实，就像三月里强劲的风一样。

"我正在问我自己，"我说，"谁能接替爱德华·德里菲尔德成为英国文坛的泰斗，你的到来回答了我的问题。"

第十一章

他突然笑了起来,但他眼里快速闪过怀疑的神情。

"我觉得没人能接替。"他说。

"你呢?"

"噢,亲爱的朋友,我还没到五十岁。再给我二十五年的时间吧。"他笑了,但一直紧紧地盯着我,"我总是无法知晓你何时是在跟我开玩笑,何时是在说正经事。"他突然低下头。"当然,人们有时会情不自禁想以后的事。现在文坛上的顶尖作家都比我大十五到二十岁。他们不可能永远活着,他们去世后谁会占据顶尖位置呢?当然是奥尔德斯[①](Aldous),他比我年轻得多,但他身体状况并不好,我觉得他没有照料好自己。不出意外,我的意思是除非某个天才突然冒出来横扫整个文学界,再过二十到二十五年,我可能就会在这个领域占据一席之地。这只是一个坚持不懈工作以及活得比别人长久的问题。"

罗伊那壮硕的身躯坐进了我房东的一把扶手椅里,我给了他一杯威士忌加苏打水。

"不用,我六点前从来不喝烈酒。"他说,他环顾了一下四周,"你这住处不错"。

"是啊。你找我有什么事?"

"我想我最好跟你聊聊关于德里菲尔德太太的邀请。电话

---

① 奥尔德斯(1894—1963),英国著名小说家、诗人、散文家、批评家。

里不好解释。这件事是这样的，我准备写关于德里菲尔德的传记。"

"噢！为什么前几天不跟我说呢？"

我对罗伊感到亲切。他那天喊我一起吃午饭，我就怀疑他不是单纯想与我叙旧，看来我没有误会他，心里泛起了一丝欣喜。

"我还没有完全决定。德里菲尔德太太很想让我写传记。她会尽其所能帮助我，把所有资料都给我。这些资料她搜集了很多年。这并不是件容易的事，当然我必须把它写好。但如果我能写好，也能给我带来不少好处。如果一位小说家偶尔写一些严肃的东西会更受尊敬。我倾尽心血完成的那些评论性作品虽然没卖出去多少，不过我从未后悔过。如果没有这些作品，我完全无法取得今天的文学地位。"

"我觉得这是个不错的计划。在过去二十年里，你与德里菲尔德的相处和对他的了解大多数人难以望其项背。"

"我觉得是这样的。但我初次与他结识时，他已经六十多岁了。我写信告诉他我多么欣赏他的作品，他邀请我去看他。但是我对他的早年生活一无所知。德里菲尔德太太常常设法让他讲述过去的生活，她把他所说的话详细地记录下来了，还有他时不时写的日记，当然，他的小说大部分内容是自传性质的。但是关于他的生平还是有很多空白。我告诉你我想写的是本什么样的书吧：富有浓郁的生活气息，中间有许多使人倍感温馨的生活细节，然后穿插对他的作品的详尽评论，当然不是沉闷、乏味的评论，而是赞同、透彻和含蓄的评论。自然，这本书需要费些心血，但是德里菲尔德太太似乎觉得我能做到。"

"我肯定你能行。"我插了一句。

"我可以，"罗伊说，"我是一位评论家，也是一位小说家。很明显，我具备一定的写作传记文学的才能。但是我觉得只要能够帮助我的人都伸出援助之手，我就能成功。"

我开始明白他需要我参与其中。我努力装作一副若无其事的样子。罗伊向我俯过身子。

"前几天，我问你是否想要写点关于德里菲尔德的文章，你说没想过。这是确定的回复吗？"

"当然。"

"那么你介意给我提供一些资料吗？"

"亲爱的朋友，我并没有任何关于他的资料。"

"噢，瞎说，"罗伊和气地说，那口气就好像医生说服小孩张开嘴检查喉咙一样，"他住在黑马厩镇的时候，你肯定常常见到他。"

"那时我还是个孩子。"

"但你肯定觉得那是一段不同寻常的经历。毕竟，认识爱德华·德里菲尔德的人，没有人能在半个小时内不对他非凡的个性感到印象深刻。对于一个十六岁的孩子肯定也是这样，与其他同龄孩子相比，你可能更善于观察，感觉更敏锐。"

"我想知道如果没有他的名声，他的个性是否会非同寻常。你能想象，如果你以特许会计师阿特金斯（Atkins）先生的身份去英格兰西部的一家水疗中心用矿泉水治疗你的肝病，就会给那儿的人留下深刻印象，觉得你是个性格独特的人吗？"

"我觉得他们马上就会意识到我并不是一名普通的特许会计师。"罗伊说话时脸上带着颇为自信的微笑。

"好吧，我可以告诉你，那个时候德里菲尔德让我反感的就是他那极其花哨的灯笼裤。我们常常一起骑自行车，我总是有点不好意思，生怕被人看见我和他在一起。"

"现在听起来挺滑稽的。他那时跟你说些什么呢？"

"我不记得了，好像并没有聊太多。他很热爱建筑，也谈过农业，如果路过酒馆，他会建议我们去待上五分钟，喝一杯啤酒，与酒馆老板聊聊庄稼、煤价等诸如此类的事情。"

虽然我从罗伊的脸上看出来他很失望，但我还是继续杂七杂八地说着；他只能听着，但听得有点不耐烦，在他厌烦时他表现得很暴躁。虽然我不记得德里菲尔德在我们的长途骑行中说过什么有意义的话，但我还能清晰地回忆起与他在一起时的感觉。黑马厩镇虽然靠近海洋，有一片沙石海滩，还有一片沼泽地，这个镇的特别之处就是你只需步行半英里就能进入肯特郡的农村地区。弯弯曲曲的道路一边是大片肥沃的绿地，一边是一丛丛巨大的榆树，高大结实，朴实无华，就像肯特郡热心农场主皮肤红润、身体健壮的妻子一样，她们靠吃上好的黄油、自制的面包、奶油和新鲜鸡蛋而长得胖乎乎的。有时小路两旁是茂密的山楂树，榆树的枝叶在头顶上形成绿色的大伞，只有一条缝隙能看到头上的蓝天，道路这时变成了一条巷子。当你在温暖、清新的空气中骑行时，你会感觉世界仿佛静止了，生命将永远延续下去。虽然你用尽全力踏着自行车，但还是会有一种慵懒的感觉。即使没有人说话的时候，你也会觉得非常快乐，如果其中一位同伴情绪高涨，突然加快速度，冲在前面，大家都知道这是他在开玩笑，你就会拼命地骑几分钟赶上去。我们天真地戏弄彼此，逗得大家咯咯地笑。我们偶尔会经过一些房舍，房前有小花园。花园里种着蜀葵和卷丹；离大路不远处就是农舍，有宽敞的谷仓和烘干室；有时会穿过啤酒花地，成熟的啤酒花像花环一样悬挂着。路旁的酒馆里气氛友好、亲切，与农舍没什么差别，门廊上常常攀缘着忍冬。酒店名字也很寻常和熟悉，比如"快活的水手""快乐的农夫""王冠与锚"以及"红狮子"等。

当然，这一切对罗伊来说都不重要，他打断了我的话。

"他从来没聊过文学吗？"他问。

"我印象中没说过。他不是那种喜欢谈论文学的作家。我猜他思考过他的写作,但是他从来没提过。他常常借书给助理牧师。在圣诞节假期,我几乎每天都去他家喝茶,有时助理牧师和他会聊一些书,但我们常常打断他们。"

"你还记得他说了些什么吗?"

"只记得一件事。我之所以记得,是因为他谈到的书我从来没有看过,而他的那番话让我有了读它们的兴趣。他说莎士比亚退休后回到埃文河畔的斯特拉特福受人尊敬,如果他还会想起自己的戏剧,可能只记得两部最感兴趣的戏剧,即《一报还一报》(*Measure for Measure*)和《特洛伊罗斯与克瑞西达》(*Troilus and Cressida*)。"

"我觉得这并没有什么启发性。他说过比莎士比亚更现代的作家吗?"

"噢,我记忆中那时还没说过,但几年前,我和德里菲尔德夫妇一起吃午饭时,偶然听见他说过亨利·詹姆斯[①](Henry James)喜欢描写英国乡间别墅茶话会上的流言蜚语,而对美国崛起这样的历史大事件不予理睬。德里菲尔德称其为il gran rifiuto(意大利语:巨大的舍弃)。听到这位老头儿说了一个意大利短语,我感到很惊奇,又觉得好笑,因为在场的只有一位身材魁梧的公爵夫人知道他在说什么。他说:'可怜的亨利,他绕着一个气派的花园徘徊许久,花园的围墙太高,他

---

① 亨利·詹姆斯(1843—1916),英籍美裔小说家、文学批评家、剧作家和散文家。

无法窥视到里面的情景。离得太远，他听不到那些花园里喝茶的伯爵夫人们在聊些什么。'"

罗伊专注地听着我讲述这件小事。他若有所思地摇着头。

"我觉得我可不能用这个材料。不然，亨利·詹姆斯的崇拜者可不会放过我……你们那时候晚上做些什么？"

"嗯，我们一起玩惠斯特牌。德里菲尔德看那些要他写评论的书，还常常唱歌。"

"太有趣了，"罗伊说着急切地把身子往前倾，"你记得他唱了什么歌吗？"

"记得。《都只为爱上一位士兵》和《这儿的啤酒并不贵》是他最爱唱的两首歌。"

"噢！"

我看得出来罗伊很失望。

"你想让他唱舒曼①（Schumann）的歌？"我问。

"我觉得完全可以啊。那将会是一个写作好素材。我想我应该期望他唱海上圣歌或者英格兰乡村老歌。你知道的，那种他们常常在集市上唱的歌——盲人小提琴手和村里的小伙子在打谷场上和女孩们跳舞等。如果他唱这些歌，我会写出很精彩的文章，但是我完全不能想象爱德华·德里菲尔德唱杂耍剧的歌曲。毕竟，当你画一个人的肖像时，你必须掌握恰当的色彩

---

① 舒曼（1810—1856），德国作曲家、音乐评论家。

明暗度；如果加了一些不协调的东西，只会让人印象混乱。"

"你知道吗？圣诞节假期后不久，他就连夜逃跑了，把所有人都骗过了。"

罗伊整整沉默了一分钟，若有所思地看着地毯。

"是的，我知道那时有些不愉快的事情。德里菲尔德太太提过那件事。我知道后来他还清了所有欠债，最终买下了费恩宅第，并在那里定居下来。我认为没有必要详述在他的成长过程中并不重要的事情。毕竟，这件事都过去四十年了。你知道的，老头儿有些古怪。人们可能会想，发生这件丑闻后，在德里菲尔德声名鹊起时，黑马厩镇周边一定是他最不愿意度过余生的地方，那里是他出生的地方，但他似乎一点儿也不介意。他觉得整件事似乎就是一个善意的玩笑。他会把这件事告诉一起吃午饭的客人，这让德里菲尔德太太十分尴尬。我希望你多了解艾米，她是一位非同凡响的女性。当然，这位老人完成了他所有的名著后才认识艾米，但我想谁也不能否认，是她塑造了他生命的最后二十五年里世人所看到的相当威严的形象。她对我很坦诚。她的工作可没那么轻松。德里菲尔德有一些非常古怪的行为，她必须运用很多技巧才能使他举止得体。他在某些方面非常固执，如果不是艾米那么有个性的女性，我想别人会感到心灰意冷。例如，他有一个习惯，可怜的艾米费了好大劲才帮他改掉：他吃完肉和蔬菜后，会拿一块面包把盘子擦干

第十一章

净,然后吃掉。"

"你知道这是什么意思吗?"我说,"这意味着之前很长一段时间他吃不饱,他不想浪费任何他能得到的食物。"

"嗯,可能是这样,但这并不是一位尊贵作家的好习惯。那时,他并不是真的酗酒,但特别喜欢去黑马厩镇上的"熊和钥匙"喝啤酒。当然,去那儿喝点酒并没有坏处,但这确实让他相当显眼,尤其是在夏天,这里到处都是游客。和谁说话他都不介意。他似乎没有意识到需要保持自己的身份。他邀请了很多知名人士——比如埃德蒙·戈斯(Edmund Gosse)和寇松勋爵(Lord Curzon)——共进午餐后,去小酒馆告诉水管工、面包师和卫生检查员自己对他们的看法,你不能否认这相当尴尬。当然,这也能解释清楚。可以这么说,他喜欢地方特色,对各种类型的人物都感兴趣。但他很多习惯的确让人难以接受。你知道吗?艾米·德里菲尔德(Amy Driffield)要让他洗澡简直难如登天。"

"在他出生的那个时代,人们觉得经常洗澡不健康。我猜直到他五十岁时,他住的房子里才有浴室。"

"是的,他说他洗澡的频率是一周一次,他不明白为什么在他有生之年还要改变自己的习惯。然后艾米让他必须更换内衣,但他并不愿意。他说他的背心和内裤一直都是穿一个星期才换,经常洗会把衣服洗坏的,洗得太勤完全没有道理。德里菲尔德太太想尽一切办法让他每天用浴盐和香料洗澡，但怎么都无法让他洗澡，而且随着年龄的增长，他甚至不愿意每个星期洗一次澡了。她告诉我，在他生命的最后三年，他从没洗过澡。当然，这些事也只是我们之间说说。我把这件事告诉你，只是想让你知道，我在写他的传记时，会使用一些委婉的表达。我知道谁都没法否认，他在金钱问题上一点儿都不谨慎；他有一种怪癖，特别喜欢与社会地位低的人打交道，这让他获得一种奇怪的快乐。他的一些个人习惯也相当令人讨厌，但我认为这并不是他生活中最重要的方面。我并不想写任何不真实的东西，但我认为有些内容还是不写为好。"

"你不觉得如果把他的一切都记述下来会更有趣吗？"

"噢，我不能。不然艾米·德里菲尔德就再也不会跟我说话了。她让我写他的传记是因为她信任我的严谨。我必须表现得像个绅士。"

"既要做绅士又要当作家，这很难。"

"这有何不可呢？再说了，你也知道评论家是什么样的人。如果你说真话，他们只会说你愤世嫉俗，而愤世嫉俗的名声对一个作家是没有好处的。当然，我不否认，如果我毫无顾虑可能会引起轰动。描写他对美的狂热和对个人义务的漫不经心，他优雅的风度和对洗澡的厌恶，他的理想主义和在不体面的酒吧里喝酒，这倒是相当有趣。但老实说，这样做值得吗？他们

第十一章

只会说我在模仿里顿·斯特拉奇[①]（Lytton Strachey）。不，我想用含蓄、迷人、相当巧妙的方式会写得更好，你知道那种方式，还带些温柔。我觉得一位作家在下笔前就应该看到这本书的雏形。嗯，我觉得这本书很像凡·代克[②]（Van Dyck）的肖像，有一股感染力，有庄严的气氛，还有一种贵族特质。你明白我的意思吗？大约八万字。"

罗伊一时沉浸在对美的畅想中。他脑海里浮现出一本书，是八开本，拿在手里又薄又轻，漂亮的纸张，字体既清晰又美观，边距留得很宽。我想他甚至想到用光滑的黑布装帧，上面用烫金的字样装饰。但是，正如我在前文提到的那样，作为正常人，阿尔罗伊·基尔无法长时间沉浸在美中。他对我坦然一笑。

"但我怎么处理德里菲尔德的第一任太太？"

"家丑不可外扬。"我嘟囔着。

"她真难处理。她和德里菲尔德结婚好多年了。艾米对这个问题的看法很坚决，但我不知道怎样才能满足她的要求。你知道的，她觉得罗茜·德里菲尔德对她丈夫产生了极其恶劣的影响，她想尽一切办法在精神上、身体上和经济上毁掉他；罗茜不如他，至少在智力上和精神上是这样，幸好德里菲尔德精

[①] 里顿·斯特拉奇（1880—1932），英国著名传记作家。
[②] 凡·代克（1599—1641），比利时弗拉芒族画家。

力充沛、活力满满才得以幸存。当然这是一段不幸的婚姻。的确，她已经去世多年了，如果我再旧事重提、将家丑外扬，似乎有点令人怜悯；但德里菲尔德最伟大的作品都是与她在一起时创作的，这是事实。尽管我很欣赏他后来的作品，没人比我更能欣赏他作品中的纯粹美，他的作品含蓄和古典的严谨，令人钦佩，但我必须承认在这些作品中没有他早期作品中的独特味道、活力和喧嚣生活的气息。在我看来，的确不能完全忽视他的第一任妻子对他工作的影响。"

"你打算怎么处理呢？"我问。

"嗯，我觉得完全可以含蓄、巧妙地处理他的这段经历，以免触及他最敏感的地方，同时又要有男子汉的坦率，不知你是否明白我的意思，要做到这一点，那就相当感人了。"

"这听起来很难办。"

"依我看，并不需要刻画太多的细节。唯一的问题就是要描写得恰到好处。我不会陈述过多，但我会暗示读者需要领会的内容。你知道的，不管一个主题有多粗俗，如果慎重地处理，就能减轻它带来的不愉快。这只有我掌握了所有事实后才能做到。"

"显然缺少必要条件往往不会成功。"

罗伊一直在流畅自如地表达自己的想法，能看出他是一位成功的演说家。我真希望：（一）我也能铿锵有力、巧妙地

第十一章

表达自己的想法,从容不迫地找到合适的词,毫不犹豫地把句子滔滔不绝地说出来;(二)我并没有觉得我这个无足轻重的小人物,不能代表罗伊应付那些有鉴赏力的广大听众。但是现在他停了下来。他的脸上露出了亲切的神色,他满怀热情,面色红润,炎热的天气让他热得冒汗,那强势的眼神变得柔和起来,含着笑意。

"这就是你的用武之地了,老兄。"他和蔼地说。

我发现,生活中当我无话可说的时候就最好别说话,当不知道如何回答时,我就保持沉默。我一直觉得这是一套很好的人生策略。我保持沉默,亲切地看着罗伊。

"你比任何人都了解他在黑马厩镇上的生活。"

"我不觉得。那时候黑马厩镇上肯定有很多人和我一样经常见到他。"

"可能是的,但是毕竟他们都是并不重要的人物,我觉得他们并不重要。"

"噢,我明白了。你的意思是我是唯一向你泄密的人。"

"大概就是这个意思,如果你非得这样跟我开玩笑。"

我觉得罗伊并没有被我逗乐。我并没有生气,因为我已经习惯我的笑话不引人发笑。我认为,最纯粹的艺术家就是被自己玩笑逗乐的幽默的人。

"后来在伦敦你好像也和他见过很多次。"

"是的。"

"那时他在楼尔贝尔格雷夫租了一套公寓。"

"噢,那是在皮姆利科租的房子。"

罗伊冷冷地笑了。

"我们不需要争论他到底住在伦敦哪个位置。那时你和他非常亲密吧。"

"特别亲密。"

"持续了多长时间?"

"几年吧。"

"那时你多大?"

"二十岁。"

"且听我说,我想让你帮我一个大忙。这不会花你很长时间的,可是对我却有极大的帮助。我希望你能尽量详细地把德里菲尔德、他妻子以及他俩之间的关系等等,包括在黑马厩镇和在伦敦的所有内容写下来。"

"噢,我亲爱的朋友,这要求太高了。我眼下还有很多工作要做。"

"这不会花你很长时间的。我的意思是你可以写个大概。你知道的,你不必为文风之类的事情操心,我会进行处理。我想要的只是事实。毕竟,只有你了解他们,而别人并不清楚。我并不想夸大事实或者做类似的事情,但德里菲尔德是一位杰

第十一章

出的人物，为了纪念他，为了英国文学，你应该把你知道的一切都说出来。我不该问你的，但那天你告诉我你不打算写任何关于他的东西。你手里有一大堆材料却不用，这不是损人不利己吗？"

如此一来，罗伊立刻唤起了我的责任感，又指责了我的懒散，还要我豁达又无私。

"但是德里菲尔德太太让我去费恩宅第呢？"我问。

"噢，我俩谈过这件事。那房子住着很安逸。她待人很友善，现在在乡下应该很舒适。她觉得如果你愿意写回忆文章，那儿将是非常合适的地方；当然，我不能保证你会去，不过那里离黑马厩镇这么近，自然会使你想起各种各样你本来可能已经忘了的事情。而且，在他的房子里，与他的书和用品为伴，过往的一切显得更加真实。我们可以一起聊聊他，你知道的，在激烈的讨论中，我们可能会想起过往的事情。艾米动作敏捷，很聪明。多年来，她已经养成记录德里菲尔德言辞的习惯了，毕竟，你很有可能会一时冲动说出一些你不想写出来的东西，她在事后却可以记下来。除此以外，我们可以一起打网球，还可以游泳。"

"我喜欢一个人独处，"我说，"我讨厌早上九点起来吃我并不喜欢吃的早餐。我不喜欢散步，也对别人家的事不感兴趣。"

"她现在很孤独。这是对她的一种善举，于我也是。"

我想了一会儿。

"我告诉你我的计划吧：我会去黑马厩镇，但我打算一个人去。我会住在"熊和钥匙"店里，你住在德里菲尔德太太家时，我会过去看看她。你们俩可以谈论爱德华·德里菲尔德，但我受够了就会离开。"

罗伊和蔼地笑了。

"好吧，就这样吧。你能把你记得的对我有用的东西写下来吗？"

"我尽量。"

"你什么时候去呢？我打算星期五就去。"

"如果你保证不在火车上和我说话，我就和你一起去。"

"好吧。五点十分那趟火车最合适。需要我来接你吗？"

"我可以自己去维多利亚车站，我们在站台上碰面。"

我不知道罗伊是否因为害怕我改变主意，立刻站了起来，热情地和我握了握手，就离开了。临走时他还叮嘱我千万不要忘了带网球拍和泳衣。

第十二章

　　我对罗伊的承诺把我的思绪带到了刚到伦敦的那几年。那天下午，我没什么事可做，突然想出去转转，和我的房东老太太一起喝杯茶。哈德森（Hudson）太太的名字是圣路加医学院的秘书告诉我的，当时我还是一个刚到伦敦寻找住处的稚嫩青年。她在文森特广场上有栋房子。我在那儿一楼的两个房间里住了五年，楼上的客厅里住着威斯敏斯特学校的一位老师。我的租金是一周一英镑，那位老师的租金是一周二十五先令。哈德森太太个子不高，性格活泼，面色蜡黄，长着大大的鹰钩鼻，还有一双黑黑的眼睛，我从未见过如此明亮、迷人的眼睛。她有一头浓密的黑发，每天下午和星期天，她会梳一排刘海，扎一个发髻，就像在"泽西百合"①的老照片上看到的那种发式。她有一副菩萨心肠（虽然那时我并未感知到，因为人们在年轻时总把别人对自己的好意当作理所当然），还是位出

---

① 泽西百合，莉莉·兰特里的别称。她是维多利亚时代伦敦著名美人。

色的厨师。她做的舒芙蕾鸡蛋饼无人能及。每天早晨她都很早就起来，在房客的客厅里生起火来，免得他们吃早饭时冻得要命。天哪，今天早晨可真冷。她会在前一天晚上把一个装满水的扁平锡盆塞到床底下，这样早上洗澡的时候水就不会很凉。如果她没有听到你洗澡，她会说："瞧，我二楼的房客还没起呢，他上课又要迟到了。"然后跌跌撞撞地上楼，砰砰地敲门，随后响起她刺耳的声音："你现在还不起床，就没时间吃早餐了，我给你做了一道美味的鳕鱼。"她整天都在忙碌，边干活边唱歌，特别高兴。她的丈夫比她大很多。他曾经在大户人家当过管家，长着连鬓胡子，举止得体。他是附近一家教堂的司事，备受尊敬。他会在餐桌旁伺候，帮我们擦靴子，帮着洗碗。哈德森太太唯一的消遣就是吃完晚饭后（我六点半吃晚餐，那位老师七点）和房客一起聊聊天。我真希望我当时能想到（就像艾米·德里菲尔德对她那名人丈夫所想到的那样）把她的谈话记录下来，因为哈德森太太是伦敦腔幽默的高手。她妙语连珠，总能巧妙地应答，语气活泼，词汇灵活多变。她总能想出幽默的比喻和生动的短语。她行为得体，从不接纳女房客。她说你永远不知道她们在做什么（"她们一直与男人，男人，还是男人纠缠，要么就是下午茶、涂黄油的薄面包，或者打开房门按铃要水，还有我不知道的此类事"）；但在谈话中，她毫不犹豫地使用当时被称为粗话的词语。你可以用她评论玛丽·劳埃德[①]（Marie Lloyd）的话评论她，她说："我喜欢她的地方是她能让你开怀大笑。她有时有点太粗俗了，但她从不会越界。"哈德森太太喜欢她自己的幽默感，我觉得她更愿意与房客说话，因为她的丈夫太严肃了（"他就该严肃点，"她说，"他是教堂司事，经常主持婚礼和葬礼等"），并不适合跟他开玩笑。我对哈德森说："趁你还有机会多笑笑，你死了被埋了，就笑不了了。"

哈德森太太的幽默是日积月累练成的。她和十四号出租房的布彻（Butcher）小姐之间的恩怨，成了年复一年的大型喜剧传奇。

"她是个讨厌的老猫，但我跟你说实话，如果上帝挑选个好日子把她带走了，我会想她的。我无法想象上帝把她带走会对她做些什么。她在的时候给我带来了不少欢乐。"

哈德森太太牙齿不太好了，要不要拔掉这些牙齿，她花了两三年讨论这个问题。她萌生了许多滑稽的想法，令人难以想象。

"昨天晚上，哈德森太太说：'噢，赶快拔了吧，拔了就完了呗。'就像我对她说的，拔完就没什么可聊的了。"

我已经有两三年没有见过哈德森太太了。我上次见她还是因为收到了她的一封短信，要我去和她喝杯浓茶，她说："下

[①] 玛丽·劳埃德，杂耍剧场女星。

周六，哈德森就去世三个月了。他去世时已经七十九岁了，乔治（George）和赫斯特（Hester）向我致以问候。"乔治是她和哈德森的孩子。乔治已步入中年，在伍尔维奇兵工厂工作。二十年来，他的母亲一直在说，乔治总有一天会带个妻子回家的。赫斯特是我快搬走时哈德森太太请来帮工的女仆，哈德森太太一直叫她"我那该死的丫头"。虽然我租下哈德森太太的房子时，哈德森太太已经过了三十岁。那已经是三十五年前的事情了。我慢悠悠地穿过格林公园去见她时，她的健在我丝毫不怀疑。她就像公园风景水池边站着的鹈鹕，是我青春回忆中不可或缺的一部分。

我走下台阶，赫斯特为我开了门。她已年近五十，身材矮胖，腼腆地咧嘴笑着，脸上仍然带着那个"该死的丫头"马马虎虎的神情。我被带进地下室的前厅，哈德森太太正在给乔治补袜子。她摘下眼镜看着我。

"嘿，这不是阿申登先生吗！没想到还能见到你。赫斯特，水开了吗？和我一起喝杯茶，好吗？"

哈德森太太比我刚认识她时胖了不少，她的动作缓慢了一些，但是她的头上几乎没有一根白发，她的眼睛像纽扣一样乌黑发亮，闪烁着愉悦的光芒。我坐在一把破旧的盖着褐红色皮革的小扶手椅上。

"哈德森太太，你现在怎么样？"我问。

第十二章

"噢,除了不再年轻外,我没什么可抱怨的了,"她回答说,"我现在能做的事情远没你在的时候多。我现在不给房客做晚饭了,只做早餐。"

"你所有房间都租满了吗?"

"是的,我感到很欣慰。"

由于物价上涨,与我租房那时相比,哈德森太太现在能收到更多的租金。我觉得以她平常节俭的生活方式,她一定存了不少钱。当然,现在人们的需求也更多了。

"你不会相信,我先建了个浴室,然后我又换了电灯,接着我必须装电话才能满足他们。我不知道他们接下来又想要什么。"

"乔治先生说哈德森太太该退休了。"正在倒茶的赫斯特说。

"丫头,管好你自己的事!"哈德森太太刻薄地说,"我要是退休了,就像被埋入土里了。想象一下,她一直与乔治和赫斯特生活在一起,除了他们没人说话,这该多孤独啊。"

"乔治先生说太太应该去乡下租间小房子,好好照顾自己。"赫斯特说,不顾哈德森太太的责备。

"别跟我提乡下。去年夏天,医生让我去乡下待了六周。说实话,我差点死在那儿。乡下太吵了,鸟儿叫个不停,公鸡打鸣,奶牛哞哞叫。我受不了。如果你一直像我一样过着平静安宁的生活，你是不可能习惯成天吵吵闹闹的。"

从哈德森太太家过去几户人家就是沃克斯豪尔桥大街，大街上有轨电车沿途一直响着铃，公共汽车慢吞吞地驶过，出租车一直鸣笛。如果哈德森太太听到了这一切，她会感觉听到了伦敦的声音，这些声音对她来说是一种抚慰，就像母亲的低吟安抚不安的孩子一样。

我环视了一下哈德森太太常住的那间舒适、破旧、温馨的小客厅。我想知道我是否能为她做些什么。我注意到她有一个留声机。这是我唯一能想起的东西。

"哈德森太太，你需要些什么吗？"我问。

她那双炯炯有神的眼睛若有所思地盯着我。

"我不知道还有什么需要的，现在你问起我，我唯一希望的就是接下来二十年身体健康且精力充沛，这样我才能继续工作。"

我自认为不是一个多愁善感的人，但是她的回答出人意料且很特别，我的喉咙突然哽住了。

将要告别时，我问她我是否可以去看看我曾经住过五年的房间。

"赫斯特，跑上楼去看看格雷厄姆（Graham）先生在不在。如果他不在，我敢肯定他不会介意你瞧一瞧的。"

赫斯特匆匆忙忙地跑了上去，不一会儿就气喘吁吁地下

第十二章

来了,告知我们格雷厄姆先生出去了。哈德森太太和我一起上去了。床还是原来那张狭窄的铁床,我曾睡在上面做梦。抽屉柜和脸盆架还是老样子。但是客厅里有种运动员坚定的热情气息,墙上挂着十一位板球队员和穿着短裤的赛艇队员的照片,角落里放着高尔夫球杆,壁炉架上散落着烟斗和烟草罐,上面刻有学院的徽章。在我们那个年代,我们相信为艺术而艺术。比如,我在壁炉架上铺了一块摩尔式地毯,窗户上挂着绿得扎眼的哔叽窗帘,墙上挂着佩鲁吉诺[①](Perugino)、凡·代克和霍贝玛[②](Hobbemah)的画作复制品。

"你那时很有艺术风范,是吧?"哈德森太太略带讽刺意味地说。

"是的。"我小声说。

想到我住进那间屋子的那些年,想到发生在我身上的一切,我不禁感到一阵痛苦。桌子还是原来那张桌子,我曾在上面吃过丰盛的早餐和简单的晚餐,我曾在上面读过医学书籍,也曾在那张桌子上写下了我的第一本小说。扶手椅还是原来那把扶手椅,我在那把椅子上第一次读华兹华斯和司汤达[③](Stendhal)的作品,伊丽莎白时代的剧作家和俄国小说家

---

① 佩鲁吉诺(约1450—1523),意大利画家。
② 霍贝玛(1638—1709),荷兰画家。
③ 司汤达(1783—1842),法国批判现实主义作家。

的作品,以及吉本①(Gibbon)、鲍斯韦尔②(Boswell)、伏尔泰③(Voltaire)和卢梭④(Rousseau)的作品。我想知道我走后都有谁用过这些物品。可能有医学生、实习职员、在城市里闯荡的年轻人,还有从殖民地退休的老人,或者由于家庭破裂而意外被抛弃到这个世界上的老人。正如哈德森太太所说,这房间让我浑身难受。我感受到住在这里的人们所怀有的希望、对未来的美好憧憬、青春的炽热激情,还有悔恨、理想幻灭、疲倦、顺从,那么多人在那间屋子里经历了从喜到悲的感情历程,奇怪的是,它似乎有了一种令人不安、神秘的特性。我不知道为什么它让我想起了一个女人站在十字路口,一个手指放在嘴唇上,她回头看,另一只手在招手。我隐约(而且相当羞怯)察觉,似乎被哈德森太太感觉到了,她笑了笑,用特有的姿势揉了揉她那挺拔的鼻子。

"哎呀,人太有趣了,"她说,"当我回忆起所有在这儿住过的房客,说实话,如果我告诉你我所知道的一些关于他们的事情,你不会相信的。他们一个比一个有趣。有时,我躺在床上想起他们就笑了。好吧,如果你不能时不时地开怀大笑,那这个世界就太糟了,但是,天哪,房客真是有趣极了。"

---

① 吉本(1737—1794),英国著名历史学家。
② 鲍斯韦尔(1740—1795),英国传记作家。
③ 伏尔泰(1694—1778),法国启蒙思想家、文学家。
④ 卢梭(1712—1778),法国启蒙思想家、文学家。

第十三章

我和哈德森太太一起生活了近两年,才再次见到了德里菲尔德。我的生活很有规律,白天待在医院里,大约六点我就往文森特广场走。我在拉姆贝斯桥会买一份《星报》(*Star*),带回去吃晚饭前看。然后我认真地看一两个小时的书,不断提升自己的心智,因为我是一个积极、认真和勤奋的年轻人。看完书后,睡前就是写小说和戏剧的时间。我不知道为何在六月底的一天,我刚好提前离开了医院,想沿着沃克斯豪尔桥大街走走。我喜欢那条街上喧嚣的繁忙场景。那里邋遢却充满活力,令人感到愉快又振奋,似乎随时都可在那里开启一场奇遇。我沉浸在白日梦中,沿街漫步,突然听到有人喊我的名字,我感到很惊讶。我停了下来看看是谁叫我,正是德里菲尔德太太,这让我万分惊诧。她笑着看着我。

"你还认识我吗?"她大叫。

"当然认识,德里菲尔德太太。"

虽然我已长大，但我能感知到我的脸像十六岁时那样涨得通红。我感到很尴尬。可悲的是，我怀着维多利亚时代那种诚信观念，对德里菲尔德一家不偿还债务就从黑马厩镇逃走的行为感到非常震惊。我觉得这种行为特别卑鄙。我深深地意识到他们自己也会感到很羞耻。我很吃惊，德里菲尔德太太竟然还能与知道这件不光彩事件的人交谈。如果是我，我看到她走过来，就会看向别处。我以为她也不想被我看见以免感到难堪，但她伸出手来，显然很高兴地和我握了握手。

"我很高兴能看到黑马厩镇的熟人，"她说，"你知道我们离开得很匆忙。"

我俩都笑了。她笑得很愉快，天真无邪，但是我的笑容显得很牵强。

"我听说他们发现我们突然离开后还引发了一阵骚乱。爱德华听到这件事总是笑个不停。你叔叔说了什么？"

我很快就恢复了正常语气。我不想让她觉得我和别人一样不明白他们的笑话。

"噢，你知道他是什么样子的。他很守旧。"

"是的，这就是黑马厩镇的问题所在，他们需要被唤醒。"她友好地看着我，"自从上次分别后，你长高了。哎呀，你还长胡子了。"

第十三章

"是的,"我捻弄一下我的小胡子,"已经长了好几年了。"

"时间过得好快啊,是吧?四年前你还是个小男孩,现在已经是个男子汉了。"

"本来就是,"我有点傲慢地回复说,"我都快二十一岁了。"

我一直看着德里菲尔德太太。她戴着一顶插着羽毛的小帽子,穿着一件浅灰色的连衣裙,裙子有宽大的羊腿袖和长长的裙摆。她看起来非常光鲜,在我的印象里,她一直长得很耐看。但我第一次发现她这么漂亮,眼睛比记忆中更蓝,皮肤像牙一样白。

"你知道吗,我们就住在附近。"她说。

"我也是。"

"我们住在林姆斯路。从离开黑马厩镇起我们几乎就一直住在那里。"

"噢,我住在文森特广场快两年了。"

"我知道你住在伦敦。乔治·坎普告诉我的,我一直想知道你住在哪里。现在和我一起走回去吧。爱德华见到你会很高兴的。"

"当然可以。"我答道。

我们一起走时,她说德里菲尔德现在是一家周报的文学编辑，他最新出版的一本书比其他书更畅销，下一部作品他大概可以得到一大笔版税。她似乎知道黑马厩镇上发生的几乎所有新鲜事，我想起了当时镇上的人们怀疑乔治·坎普帮助德里菲尔德夫妇逃跑的事。我猜想现在乔治·坎普偶尔还在跟他们通信。我注意到从我们身边走过的人会盯着德里菲尔德太太看。我立刻意识到他们一定也认为她很漂亮。我于是昂首阔步地走起来。

林姆斯路是一条又宽又直的街道，与沃克斯豪尔桥路平行。街上是清一色的水泥墙房屋，外墙刷着暗色的漆，结构坚固，还有结实的门廊。我想这些房子是伦敦城里有地位的人建造的，但是这条街已经冷清了，从未吸引到合适的房客；它的衰败中透露出一丝体面，还有一种神秘又落魄的神奇，让人想起那些辉煌一时的人，如今还是醉醺醺地谈论自己年轻时候的意气风发。德里菲尔德夫妇居住的房子刷着暗红色的漆，德里菲尔德太太把我领进一个狭窄黑暗的走廊，打开一扇门，她说：

"进去吧。我去告诉爱德华你来了。"

她穿过走廊，我则进了客厅。德里菲尔德夫妇租了这间房子的地下室和一楼，他们的房主住在最上面一层。客厅里的陈设看上去好像拍卖会的促销品。窗户上挂着厚厚的丝绒窗帘，

第十三章

还有大流苏、花环和彩带点缀，房间里有一套镀金的家具，用黄锦缎做的软垫，上面的扣子扣得紧紧的；房间中间有一个巨大的厚圆椅垫。镀金的橱柜里放着许多小物品，比如瓷器，象牙雕像，木雕和一些印度铜器。墙上挂着一幅大油画，上面画着高地峡谷、雄鹿和游猎侍从。不一会儿，德里菲尔德太太带着她丈夫过来了，他和我热情地打招呼。他穿着一件破旧的羊驼毛外套和灰色长裤；他已经剃了络腮胡子，现在留着八字胡和一小绺胡须。我第一次注意到他这么矮，但他看起来比以前更尊贵。他的外表有点异于寻常，我想这才是我所期望的作家的样子。

"你觉得我们的新住所怎么样？"他问，"看起来很华丽，是吧？我觉得这样能激发人的信心。"

他满意地环顾四周。

"爱德华的书房在后面，他在那里写作。我们在地下室有一间餐厅，"德里菲尔德太太说，"房东考利（Cowley）小姐是一位贵族夫人多年的陪护，夫人去世时把她所有的家具都留给了考利小姐。你看家具都还挺不错的，是吧？看得出都是贵族的东西。"

"罗茜一看到这个房子就喜欢上了。"德里菲尔德说。

"你也是，爱德华。"

"我们在糟糕的环境中生活了那么久,现在周围都是奢侈的物品,我们觉得焕然一新。感觉就像蓬帕杜夫人[①](Madame de Pompadour)。"

当我与他们告别时,他们真诚地邀请我再来。他们好像每个星期六下午都在家,我想认识的各种各样的人都习惯在那天去拜访他。

[①] 蓬帕杜夫人(1721—1764),法国国王路易十五的情妇、社交名媛。

第十四章

我去了德里菲尔德家并且玩得很愉快，之后我又去了。秋天来临了，我回到伦敦学习圣路加医学院的冬季课程时，养成了每个星期六去德里菲尔德家的习惯。这是我第一次进入艺术和文学的世界；我在寓所忙于自己的写作，这事我没让任何人知道；我很激动能见到那些也在写作的人，他们的对话我听得入迷。各种各样的人都来参加聚会，那时候很少有周末活动，打高尔夫球一直是人们嘲笑的运动，大部分人在周六下午无所事事。我觉得来参加聚会的人都不是重要人物。不管怎样，我在德里菲尔德家遇到的画家、作家和音乐家都没有声名鹊起；但这种聚会能让人感受到文雅和生气勃勃。你能发现年轻演员正在寻求角色；中年歌手哀叹英国人不懂得音乐；作曲家在德里菲尔德的小型立式钢琴上演奏他们的作品，还在一旁低声抱怨说，他们的作品只有在音乐会的大钢琴上演奏才动听；诗人迫于压力同意朗读他们刚刚写的一首小诗，还有画家为自己的画作寻找委托人。偶尔贵族来给聚会增添一点光彩，不过，这种情况很少发生，因为在那个时代，贵族还没有变得放荡不羁。如果一个有教养的人能进入艺术家圈子，通常是因为一桩臭名昭著的离婚案，或者打牌上的一点小麻烦，他（或她）觉得在自己那个社会阶层中的生活变得有点尴尬。现在情况已经变了。义务教育给世界带来的最大好处之一就是让写作在贵族和绅士中广为流行。霍勒斯·沃波尔[①]（Horace Walpole）曾经写过《王族和贵族作家名录》（*Catalogue of Royal and Noble Authors*），这样的作品如果现在写就会像百科全书那么厚。一个贵族头衔，即使仅是一个尊称，几乎可以使任何人成为知名作者。可以有把握地说，想要进入文学界，没有比地位更好的通行证了。

我确实想过，既然上议院在短期内不可避免地要被废除，那么如果法律规定文学的从业人员仅限于议员及其妻儿，那将是一个很不错的方案。这将是英国人民给予贵族换取他们放弃世袭特权的体面补偿。对于那些全心全意投入供养歌女、赛马和赌博等公共事业而穷困潦倒的许多贵族来说，这是一种资助方式；对于那些由于自然选择，随着时间的推移，除了统治大英帝国之外，不适合做任何事情的人来说，这是一份愉快的职

[①] 霍勒斯·沃波尔（1717—1797），英国作家。

第十四章

业。但是,这是一个专业化的时代,如果我的方案被采纳,那么很明显,英国文学的各个领域应由不同的贵族阶层进行分管,这无疑给了英国文学更大荣耀。因此,我建议下层贵族应该从事较低级的文学分支,男爵和子爵应该专门从事新闻和戏剧工作。小说可以是伯爵们的特权领地。他们已经展示了对这门高难度艺术的把控能力,他们人数如此之多,完全能满足需求。对于侯爵来说,可以放心地把文学作品中称为纯文学[①](我一直不理解这个称号的由来)的部分交给他们。从金钱的角度看,这种作品可能赚不了多少钱,却具有一种非常适合于冠有这种浪漫头衔的作家的特征。

文学的顶峰是诗歌。诗歌是文学的终极目标,是人类思维最崇高的活动,是美的结晶。诗人走过时,散文家只能靠边站;那些最杰出的人物在诗人面前,渺小得如同一块奶酪。显然,写诗应该留给公爵们,我希望看到他们的权利受到最严厉刑罚的保护,因为最高尚的艺术如果没有由最高尚的人来实践,这是不可容忍的。既然诗歌必须专门化,我预见公爵们(就像亚历山大的继承者一样)将划分诗歌领域,每位公爵都将自己限制在遗传影响和天生秉性所擅长的诗歌创作中。因此,我预见曼彻斯特的公爵们会写具有说教和道德特征的诗

---

① 纯文学(belles-lettres),也称美文,指诗歌、小说、戏剧等。

歌，威斯敏斯特的公爵们会创作关于帝国的责任和义务的激动人心的颂歌，德文郡的公爵们更有可能创作普罗佩提乌斯式的情诗和挽歌，而马尔伯勒的公爵们几乎不可避免地会用田园诗般的调子来谈论家庭幸福、征兵和满足于谦逊的身份等话题。

但如果你说这有点令人生畏，并提醒我缪斯①不仅会威风凛凛地昂首阔步，而且有时也会轻盈地行走。如果你想起一位智者说过，他不在乎谁制定一个国家的法律，只要他为这个国家写歌就行了，你问我由谁来弹奏那些人类多变的灵魂偶尔渴望的曲调（你秉持公正且认为由公爵们来做并不合适）——我的回答是（很明显我早该想到）公爵夫人。我承认，罗马涅多情的农民向他们的爱人唱着托尔夸托·塔索②（Torquato Tasso）的诗句，汉弗莱·沃德夫人在小阿诺德的摇篮前低吟着《俄狄浦斯在科洛诺斯》（*Edipus in Colonus*）中的合唱曲的日子已经过去了。这个时代需要更与时俱进的东西。因此，我建议更多乐于操持家务的公爵夫人应该为我们创作赞美诗和童谣；而那些轻浮的公爵夫人喜欢把葡萄树叶和草莓混在一起，应该为音乐喜剧写抒情诗，为漫画报纸写诙谐诗，为圣诞卡和彩色拉炮③写格言。这样，他们就能在英国公众的心中保持迄今为止

---

① 缪斯，古希腊和罗马神话中掌管诗歌、音乐等其他艺术的女神。
② 托尔夸托·塔索（1544—1595），意大利诗人。
③ 彩色拉炮，英国人的圣诞传统。

第十四章

仅仅由于他们尊贵的身份而占据的地位。

正是在星期六下午的聚会上,我惊奇地发现爱德华·德里菲尔德是一位杰出的人物。他已经创作了二十多部作品,虽然这些作品并没有让他发家致富,但却让他名扬四海。最优秀的评论家仰慕他的作品,来他家做客的朋友一致认为总有一天他会得到肯定。他们批评公众看不出他是一位伟大的作家。赞扬一个人最简单的方法就是批评他人,所以他们毫不留情地谩骂所有名声超过他的同时代小说家。如果我真的像后来那样了解文学界,我应该从巴顿·特拉福德(Barton Trafford)太太的频繁拜访中猜到,爱德华·德里菲尔德马上就要一举成名了,他如同一位长跑运动员从一群慢腾腾的运动员中间挣脱出来,突然冲到前面。我承认,当我第一次被介绍给这位女士时,她的名字对我来说毫无意义。德里菲尔德把我介绍给她,说我是他乡下的一个年轻邻居,并告诉她我是医学生。她看着我甜美地笑着,小声地说了一些关于汤姆·索亚[①]的内容,收下了我递给她的黄油面包,继续和主人谈话。但我注意到她的到来影响不小,刚才吵闹的谈话也变得安静了。当我低声问她是谁时,我的无知惊吓到别人了,他们告诉我她曾经"造就了"某某人。半小时后,她站起身来,落落大方地同她所认识的人握

[①] 汤姆·索亚,美国作家马克·吐温作品《汤姆·索亚历险记》中的主人公。

了握手,然后轻轻地走出了房间。德里菲尔德送她出门,扶她上了马车。

那时巴顿·特拉福德太太是一位约五十岁的女性。她个子瘦小,眉眼很开阔,这让她的头看起来太大,与整个身体不成比例;她有一头卷曲的白发,就像维纳斯一样。她年轻时应该非常漂亮。她穿着黑色的丝质衣服,脖子上戴着叮当作响的珠子和贝壳项链。据说她早年的婚姻并不幸福,但是当时已经与巴顿·特拉福德和睦相处多年,巴顿·特拉福德是内政部的职员,也是研究史前人类的知名权威。她给人一种奇怪的印象,好像身上没有骨头,仿佛你一捏她的小腿(当然,出于我对女性的尊重以及她文静端庄的外表,是不会允许我这样做的),你的手指就会碰在一起。你握着她的手,就像握着一片去骨比目鱼。她的五官虽然很大,却有一种变幻莫测的感觉。她坐下来的时候,好像没有了脊梁骨,像一个塞满了天鹅绒的昂贵垫子。

巴顿·特拉福德太太的嗓音、笑容、笑声等一切都很温柔,她的浅色小眼睛像花儿一样柔和,她的举止犹如夏天的雨水一般温和[①]。正是这种不寻常、迷人的性格,使她成为一位令人惊叹的朋友。正是这一点让她获得了现在的人气。全世界

---

① 英国属于典型的温带海洋性气候,全年有雨,降水强度并不大,英国的雨属于细水长流型。

第十四章

都知道她和这位伟大的小说家的友谊，而几年前这位小说家的去世让说英语的民族大为震惊，而所有的人都知道这位小说家跟她之间的友谊。在德里菲尔德死后不久，在大家的劝导下，巴顿·特拉福德太太把他给自己写的大量信件都发表了，所有人都看过。信件的每一页都流露出他对她美貌的爱慕和对她判断力的尊重，他对她的鼓励、她的赞同和她的鉴赏力是多么感激不尽。如果他在信件中的一些热烈表达，让巴顿·特拉福德先生读起来如人们所想的那样心情复杂，这也只会增加作品的人情味。但是巴顿·特拉福德先生不受俗人偏见的影响（他的不幸，如果真是这样，也是历史上最伟大的人物都能忍受的），他放弃了对奥瑞纳文化时期的燧石和新石器时代斧头的研究，同意撰写这位已故小说家的传记。在书中他非常明确地表明，这位作家的天才之所以能充分发挥，有很大一部分是受他妻子的影响。

但是巴顿·特拉福德太太对文学的兴趣和对艺术的热情并没有消失，她为朋友的成就提供了不可忽视的帮助，尽管朋友已经成为后代人的纪念，她的兴趣和热情也没有消失。她极其好学。凡是值得一读的作品都逃不过她的眼睛，她很快就与任何有前途的年轻作家建立起很好的个人关系。她现在名声大噪，尤其是自从传记出版以来，她确信没有人会犹豫接受她的赞赏。巴顿·特拉福德太太交友的天赋总能在适当的时候得以展现。当她读到一些打动她的东西时，巴顿·特拉福德先生本人也变成了一位出色的评论家，给作者写一封热情的赞赏信，并邀请作者一起吃午餐。吃完午餐后，巴顿·特拉福德先生必须回到内政部，让作家留下和巴顿·特拉福德太太聊天。很多人都收到了邀请。这些作家肚子里有些墨水，但这还不够。巴顿·特拉福德太太有一种鉴别力，她相信自己的鉴别力。这种鉴别力需要她耐心等待。

巴顿·特拉福德太太非常谨慎，关于贾斯帕·吉本斯（Jasper Gibbons）的问题，她差点儿错失良机。我们从过去的记载中可知作家可以一夜成名，但如今是个比较谨慎的时代，这是闻所未闻的。评论家会观察形势再做决策，而公众被诓骗的次数太多了，因此不敢冒不必要的风险。但就贾斯帕·吉本斯而言，他一跃成名几乎是千真万确的事实。现在，他几乎被世人彻底遗忘，如果不是无数报社的档案中小心翼翼地保存着那些称赞过他的评论家的言论，他们会心甘情愿地收回自己的话。他第一部诗集的出版引起了令人难以置信的轰动。最重要的报纸给这部诗集的评论留出了很大的版面，和报道一场拳击比赛一样多的篇幅。最有影响力的评论家争先恐后地欣然接受了他。他们把他比作弥尔顿（因为他的无韵诗铿锵有力），比

第十四章

作济慈（因为他丰富的奇妙意象），比作雪莱（因为他虚无缥缈的幻想）；把他当作一根棍棒去打击人们已经厌倦的偶像。他们以他的名义在丁尼生勋爵[①]（Lord Tennyson）瘦弱的屁股上狠狠地打几下，在罗伯特·勃朗宁[②]（Robert Browning）光秃秃的脑袋上狠狠地打几下。众人就像耶利哥的城墙一样纷纷拜倒。他的诗集一版接一版地卖出去，在梅费尔伯爵夫人的闺房，在英国从南到北的牧师的客厅里，在格拉斯哥、阿伯丁和贝尔法斯特等地许多诚实而有教养的商人的客厅里都可以看到贾斯帕·吉本斯的精美诗集。当人们知道维多利亚女王从皇家的出版商手中接受了一本特别装帧的贾斯帕·吉本斯的诗集，并回赠给他（不是诗人，是出版商）一本《在高地上的生活日记》(Leaves from a Journal in the Highlands)时，全国民众对贾斯帕·吉本斯的热情高涨到无以复加的地步。

这一切都发生在转瞬之间。希腊的七座城市为了争夺贾斯帕·吉本斯罗马出生地的荣誉而争议不断，虽然人们都知道贾斯帕·吉本斯的出生地（沃尔索尔），但比七多一倍数量的评论家声称自己发现了贾斯帕·吉本斯；二十年来，那些在周报上为彼此的作品写颂词的著名文学评论家，如今为这件事争

[①] 丁尼生勋爵（1809—1892），英国维多利亚时代最受欢迎及最具特色的诗人。
[②] 罗伯特·勃朗宁（1812—1889），英国诗人、剧作家。

吵得如此激烈，以至于在文艺协会上见面时都视而不见。贵族社会也对这位诗人给予了认可。公爵夫人、议会内阁成员的妻子、主教的遗孀都邀请过贾斯珀·吉本斯一起吃午饭和喝茶。据说哈里森·安斯沃思[①]（Harrison Ainsworth）是第一位以平等的方式参与英国社交活动的英国作家（我有时感到奇怪，一个有事业心的出版商在这方面没有想到推出他的作品全集），但我相信贾斯帕·吉本斯是第一个把自己的名字刻在家庭招待会请柬上的诗人，就像歌剧演唱家或口技家一样吸引人。

在这种情况下，巴顿·特拉福德太太不可能抢占先机。她只能在公开市场进行这笔买卖。我不知道她采用了怎样惊人的策略，发挥了怎样惊人的机智，表现了怎样的温柔和细腻的同情，说了怎样假正经的甜言蜜语；我只能猜测，表示钦佩。她最终骗到了贾斯帕·吉本斯。不久后，他对她完全顺从。她做得令人钦佩。她请他吃午饭，让他结识恰当的人；她召开家庭招待会，让他在英格兰最杰出的人物面前朗诵他的诗；她把他介绍给一些著名的演员，这些演员委托他写剧本；她认为他的诗只应该出现在适当的地方；她与出版商打交道，并为他签订了连内阁成员都难以置信的合同；她小心翼翼地让他只接受她同意的邀请；她甚至让他和与他幸福生活了十年的妻子分

[①] 哈里森·安斯沃思（1805—1882），英国通俗历史小说家。

第十四章

开了,因为她觉得一个诗人要忠于自己,忠于自己的艺术,就不能被家庭束缚。如果事情惨败,只要巴顿·特拉福德太太愿意,可能会说,她已经为他做了自己所能做的一切。

果真事情惨败了。贾斯帕·吉本斯又出版了一本诗集,这本诗集与第一本不相上下,十分类似。这本诗集受到了重视,但评论者有所保留,其中一些人甚至吹毛求疵。这本书令人感到失望,销量也很惨淡。不幸的是,贾斯帕·吉本斯酗酒。他从来就不习惯有钱花,也不习惯别人提供给他的奢华娱乐,也许他想念他那朴实平凡的妻子。有一两次,他到巴顿·特拉福德太太家来吃饭,他那副样子,任何一个不像巴顿·特拉福德太太那么世故又思想单纯的人,都会说他醉得不省人事。而巴顿·特拉福德太太温柔地告诉客人今晚这位诗人不舒服。他的第三本书也失败了。评论家猛烈地攻击他,把他打倒在地,再踩上几脚,就像爱德华·德里菲尔德最喜欢的一首歌的歌词所说的,后来揪着他满屋子转,然后踏在他脸上。他们把一个拙劣诗人误认为一个不朽的诗人,自然很生气,因此决定让他为他们的错误付出代价。贾斯帕·吉本斯因在皮卡迪利大街酗酒妨害治安而被捕,巴顿·特拉福德先生不得不去藤街把他保释出来。

巴顿·特拉福德太太在这个关键时刻的表现是无可挑剔的。她没有抱怨,也没有说一句难听的话。如果她感到怨恨,这是可以原谅的，因为她为这个男人付出了这么多，而他却辜负了自己。她依旧温柔、文静、富有同情心。她是一个明事理的女性。她放弃了他，但并不像丢掉烫手的山芋一样立刻甩掉他。她极其温柔地放弃了他，就像下定决心要做一件违背她本性的事时所流下的眼泪一样温柔。她以极其机智老练、极其体贴的方式放弃了贾斯帕·吉本斯，连他本人可能都未察觉到。但是，这一点毋庸置疑。她不会说任何诋毁他的话，也不会讨论他，当别人提到他时，她只是会心一笑，感到一丝悲伤，然后叹一口气。但是她的微笑对他是致命的一击，她的叹息深深地埋葬了他。

巴顿·特拉福德太太酷爱文学，贾斯帕·吉本斯的失败并不会让她一直气馁；无论她多么失望，她都是一个公正无私的女人，绝不会让天生的机智、同情心和善解人意的天赋荒废掉。她继续在文学界活跃，到处参加茶会，去参加晚会、家庭招待会，总是那么娇媚迷人，文静温和，认真倾听他人说话，但又保持警惕和批判的态度，并且决心（如果我可以说得直白一些）下次要支持一个成功人士。就在那时，她结识了爱德华·德里菲尔德，对他的天赋产生了好感。其实他已经年纪不小了，但他并不会像贾斯帕·吉本斯那样垮掉。她向他示以友好的态度。当她以她那种温柔的方式告诉他，他的精美作品只在一个小圈子里为人所知，这实在令人愤愤不平时，他感动

第十四章

不已。他既高兴又深感荣幸。听到别人夸耀自己是天才总会感到心情愉悦。她告诉他，巴顿·特拉福德正在考虑为《评论季刊》(Quarterly Review) 写一篇关于他的重要文章。她邀请他一起吃午饭，让他结识对他有帮助的人。她想让他结识跟他才智相当的人。有时，她会带他到切尔西堤散步，他们一起谈论已故的诗人、爱情和友谊，在一家 ABC 店里喝茶。巴顿·特拉福德太太星期六下午来到林姆斯路德里菲尔德的住所时，她的姿态如同在为婚礼飞行做准备的蜂王一样。

她对德里菲尔德太太的态度也很友好，和蔼可亲，丝毫没有高高在上的样子。她总是优雅地感谢德里菲尔德太太允许她拜访，夸赞她的美貌。如果她向德里菲尔德太太赞赏她丈夫，语气中会带着一丝嫉妒，告诉她能与这样一位伟人为伴是一种荣幸，这当然纯粹是出于好意，而不是因为她知道作为一个文学家的妻子，没有什么比另一个女人夸赞她的丈夫更恼人了。她跟德里菲尔德太太都是聊一些简单的事情，比如做饭、仆人、爱德华的健康状况，以及应当如何细心照料他。巴顿·特拉福德太太对待德里菲尔德太太的态度，正如你所想象的那样，就像一个出身苏格兰名门望族的女人对待一个与杰出的文学家结婚的前酒吧女招待。她热情、幽默、温柔，让人感到安心。

令人感到奇怪的是，罗茜受不了她。说实话，据我所知，巴顿·特拉福德太太是罗茜唯一讨厌的人。那时，即使酒吧女招待也不常说"泼妇"和"该死的"这样的词，而现在这些词却是教养最好的年轻女士的常用词汇，我也从来没有听罗茜说过一个会让索菲（Sophie）婶婶感到震惊的词。只要有人讲个有点下流的故事，她的脸就会唰地一下红到脖子根。不过她把巴顿·特拉福德太太称为"泼妇"。她最亲密的朋友总是努力劝说，好让她对巴顿·特拉福德太太客气点。

"别犯傻，罗茜。"他们说。他们都叫她罗茜，现在我也这么叫她，虽然有些害羞，但我已经习惯了。"如果她愿意，她会成就德里菲尔德的。他必须迎合她。如果有人能让他成名，那这个人就是她。"

虽然德里菲尔德家的大多数客人并不是每个星期六都来，比如说隔一个星期或隔三个星期来一次，但有一小群人像我一样几乎每个星期六都来。我们都是他坚定的支持者；我们早早地来，待到很晚才走。其中最忠实的拥护者当属昆汀·福德（Quentin Forde）、哈里·雷特福德（Harry Retford）和莱昂内尔·希利尔（Lionel Hillier）。

昆汀·福德身材矮胖，脑袋很精致，是后来电影中备受推崇的那种类型，笔直的鼻子和一双漂亮的眼睛，灰白的头发剪得整整齐齐，还有黑黑的小胡子；如果他再长高四五英寸，简直就是情节剧中最完美的反派角色。大家都知道他结识了不少有钱有势的人物，并且他自己也很富有；他唯一的工作就是陶

第十四章

冶艺术情操。他前去参加了所有的戏剧首演之夜和私人展览。他虽然是外行,但却有严谨的态度,对同时代的作品怀有礼貌而又彻底的轻蔑。我觉得他并不是因为德里菲尔德的天赋才来他家,而是因为罗茜的美貌。

现在回想起来,我还是感到惊讶,当时这么明显的事情,我居然还需要别人告知才发现。当我第一次见她时,我从未想过她漂亮还是一般,但是当我五年后再次见到她时,我第一次注意到她如此漂亮,令我印象深刻,但我并没有想太多。我把她的美看作是自然规律的一部分,如同北海或特坎伯里大教堂上的落日。听到人们谈论罗茜的美,我感到相当震惊,当有人向德里菲尔德恭维罗茜的美时,他的目光会在她身上停留一会儿,我也跟着看了会儿罗茜。莱昂内尔·希利尔是位画家,请求为罗茜作画。他谈到他想画的那幅画,并告诉我他从罗茜身上看到了什么,我傻乎乎地听他诉说,感到困惑不解。哈里·雷特福德认识当时最流行的摄影师之一,他与摄影师谈好价钱后,带着罗茜去拍照。一两个星期以后,样片就出来了,我们都看了看。我从来没见过罗茜穿晚礼服的样子。照片中,她穿着一件白色缎面的裙子,长长的裙摆和蓬松的袖子,胸口很低;她的头发比平常梳得更精致。她看起来和我第一次在欢乐巷见到的那个身材魁梧的年轻女子大不相同,当时她戴着草帽,穿着一件上过浆的衣服。但是莱昂内尔·希利尔却不耐烦地把照片扔在一边。

"太糟了，"他说，"一张照片又能表现出罗茜的什么呢？她的特点在于她的色彩。"他转向罗茜："罗茜，你知道吗？你的色彩是这个时代最伟大的奇迹。"

罗茜看着莱昂内尔·希利尔，没有任何回复，但她那饱满的红唇却绽放出了孩子般淘气的微笑。

"我如果能画出几分你的色彩，就达到了此生的目的，"他说，"所有有钱的股票经纪人的妻子都会跪下来求我把她们画得像你一样。"

不久，我得知罗茜去让莱昂内尔·希利尔画像了，但由于我从来没有进过画家的画室，我把它看作是浪漫的大门。我问希利尔哪天我能不能去看看画得怎么样了，他说他还不想让任何人看到这幅画。那时他已经三十五岁了，外表华丽。他看起来像凡·代克的肖像画，但没有凡·代克超群的气质，而是一副温柔和气的样子。他身材修长偏瘦，中等个子略高一点；他有一头浓密的黑色头发、飘逸的小胡子和尖尖的胡须。他喜欢戴宽檐帽和西班牙披肩。他在巴黎生活了很长一段时间，用仰慕的语气谈论莫奈[①]（Monet）、西斯莱[②]（Sisley）、雷诺阿[③]（Renoir）等画家，我们从来没有听说过这些名字，而

[①] 莫奈（1840—1926），法国著名画家，印象派代表人物。
[②] 西斯莱（1839—1899），法国著名画家。
[③] 雷诺阿（1841—1919），法国印象派著名画家。

第十四章

他对我们内心深处非常钦佩的弗雷德里克·莱顿爵士[1]（Sir Frederick Leighton）、阿尔玛-达德玛[2]（Alma-Tadema）先生和乔治·费德里科·沃茨[3]（G. F. Watts）等画家不屑一顾。我常常想知道他后来怎么样了。他在伦敦待了几年，想要出人头地，但我猜他失败了，然后就流落到了佛罗伦萨。据说他在那里办了一所绘画学校，但多年以后，当我碰巧来到佛罗伦萨，问起他时，却找不到一个听说过他的人。我觉得他肯定还是有些天赋，因为直到现在我都能清楚地记得他为罗茜·德里菲尔德画的画像。我想知道这幅画后来怎么样了，是被销毁了还是藏起来了，还是在切尔西一家旧货店的阁楼上面朝着墙放着？我觉得这幅画至少在某个画廊的墙上还有一席之地。

当希利尔最终允许我去欣赏他的画时，我却陷入尴尬境地。希利尔的画室位于富勒姆路，在一排商店后面的一组房屋里，到他的画室要穿过一条又黑又臭的通道。那天是三月的一个星期天下午，天空蔚蓝，万里无云，我从文森特广场走过空荡荡的街道。希利尔住在他的画室里，睡在一张大长沙发上。屋后有一个小房间，他在那里做早饭，洗画笔，我想他也在那里洗澡。

---

[1] 弗雷德里克·莱顿爵士（1830—1896），英国唯美主义画派著名画家。
[2] 阿尔玛-达德玛（1836—1912），英国皇家学院派画家。
[3] 乔治·费德里科·沃茨（1817—1904），英国画家和雕塑家。

当我到画室时，罗茜还穿着画像里的那件裙子，正在喝茶。希利尔帮我打开了门，一直拉着我的手，把我领到那块大画布前。

"这就是她的画像。"他说。

他画的是罗茜的全身，画像只是比真人小一点。画中罗茜穿着一件白色丝绸晚礼服。这幅画与我常见的学院风肖像画完全不同。我不知道该怎么点评，脑海中第一时间浮现的话脱口而出。

"什么时候画完？"

"已经画完了。"他回答说。

我的脸猛地一下红了，我感觉自己愚蠢至极。那时我还没有掌握品评现代艺术家作品的技巧，一种我如今已经掌握了的技巧。如果有需要，我就可以写一篇非常简洁的小指南，指导外行如何用创作本能所产生的各种表现来让画家满意。当你想赞美冷酷的现实主义画家的创作力量时，你应该激动地说"天哪"；当你看到一位市议员遗孀的彩色照片时，你应该说"太真实了"来掩饰你的尴尬；当你对后印象派画家表示钦佩时，你应该低声吹口哨；当你想表达你对立体派画家的感受时，你应该说"太有趣了"；"噢！"表示你被征服，"啊！"表示你的震惊。

"画得太像了。"当时我只能笨拙地夸耀这么一句。

第十四章

"我觉得还没有达到你理想的样子。"希利尔说。

"我觉得画得很好了,"我迅速回答,想为自己辩护,"你会把这幅画送到美术学院吗?"

"天哪,不会!我可能会把它送到格罗夫纳(Grosvenor)画廊去。"

我的眼神在那幅画和罗茜之间游离。

"摆好画像上的姿势,罗茜,"希利尔说,"让他看看你。"

罗茜站到模特台上。我盯着她和那幅画看,心里有一丝怪怪的感觉,就好像有人把一把锋利的刀轻轻插进了我的心脏,但我并未感到不舒服,而是感到一丝痛苦但又出奇的愉悦。突然,我觉得双膝发软。但现在我分不清我记忆里的罗茜是她本人还是画像上的样子。因为我想起她时,她穿的并不是我初次见她时穿的那件衬衫,戴的也不是那顶草帽,也不是我当时或后来看到她穿其他衣服的样子,而是希利尔画她时穿的那件白色的丝绸裙子、头上戴着黑色天鹅绒蝴蝶结的样子,摆着希利尔让她摆的姿势。

我不知道罗茜的确切年龄,但是据我推算,她肯定也有三十五岁了。但她看上去一点儿都不像。她的脸上没有皱纹,皮肤像孩子一样光滑。我觉得她的五官并不出色,当然没有大家闺秀的贵族气派,当时她们的照片在所有的商店里都有出售。她的眉目并不轮廓分明,短鼻子有点厚,眼睛有点小,嘴巴很大；但她的眼睛却像矢车菊一样湛蓝，嘴唇又红又性感，她的微笑是我见过的最欢快、最友好、最甜蜜的。她天生一副沉闷忧郁的样子，但当她微笑的时候，她的脸会突然变得无限迷人。她的脸并不红润，除了眼睛下面是淡淡的蓝色外，整张脸是浅褐色的。她的头发是浅金色的，梳着当时流行的发式，头发扎得高高的，额前留着精致的刘海。

"画她可费劲了，"希利尔看着她和那幅画说，"你知道的，她的脸和头发都是金色的，但她给你的不是金色的效果，而是银色的效果。"

我知道他的意思。罗茜闪闪发光，像月亮而不是太阳那么耀眼。或者说，如果她像太阳，那也像黎明时白雾中的太阳。希利尔把她移置在画布中间，她站着，双臂放在身体两侧，手掌朝向前面，头微微向后仰，这种姿势使她美如珍珠的颈部和胸部显得格外耀眼。她像一个谢幕的女演员——把她比作演员显得有些荒谬——一样站着，被突如其来的掌声弄得不知所措，但是她身上有一种纯洁，如同春天般的气息。这个天真的女人从来不知道油彩和舞台灯。她站在那里，像一个容易陷入爱情的少女，因为她要完成造物主的旨意，把自己天真地投入一个情人的怀抱。她那代人并不惧怕显露丰盈的线条。她很苗条，但胸部很丰满，嘴唇轮廓分明。后来，巴顿·特拉福德太太看到这幅画时说，这幅画让她想起了一头祭祀用的小母牛。

第十五章

爱德华·德里菲尔德晚上工作，罗茜却无事可做，乐呵呵地和朋友出去玩。她喜爱奢华，而昆汀·福德很富有。他会用马车来接她，带她去凯特纳饭店或萨沃伊饭店吃饭，她会为他穿上最华丽的衣服；哈里·雷特福德虽然没有钱，但表现得好像很有钱似的，租了辆马车带着她到处玩，请她在罗马诺饭店或在索霍区火起来的小饭馆里吃饭。他是一个聪明的演员，但是很难找到合适的角色，因此经常处于失业状态。他大约三十岁，虽然长相丑陋，但有一副和蔼可亲的样子，说话会省略一些音节，让人听起来很滑稽。罗茜喜欢他无忧无虑的生活态度，他穿着伦敦最好的裁缝做的衣服而不付钱，却仍然很神气，即便身无分文，还是不顾一切地在赛马上押五镑，走运赢钱后挥金如土，慷慨大方。他活泼开朗、富有魅力、虚荣自负、肆无忌惮。罗茜告诉我，有一次哈里·雷特福德为了带她出去吃饭，把手表典当了。然后一位演出经理帮他们安排了座位，雷特福德又找那位经理借了几英镑，在看完戏后带她一块儿出去吃晚饭。

不过，她也很乐意和莱昂内尔·希利尔一起去他的画室，吃他俩一起做的排骨，晚上一起聊天。她很少和我一起吃饭。我过去常常在文森特广场吃完晚饭后去接她。她和德里菲尔德一起吃过饭了。我们会坐上公共马车去音乐厅。我们一起去过很多地方，比如亭台剧院和蒂沃利剧院，如果大都会剧院有特别演出，我们有时也会去那儿。但我们最喜欢去的还是坎特伯雷，因为那儿的票价很便宜，并且演出也很精彩。我们会点几瓶啤酒，我抽着烟斗，罗茜高兴地环顾四周，看着烟雾弥漫的大房子，里面挤满了南伦敦的居民。

"我喜欢坎特伯雷，"她说，"感觉很自在。"

我发现她很爱看书。她喜欢历史，但只喜欢某种类型的历史，比如女王和王室成员情妇的故事；她会像个孩子一样惊奇地向我讲述她读到的怪事。她对亨利八世国王的六任妻子了解得一清二楚，费茨赫伯特（Fitzherbert）太太和汉密尔顿夫人（Lady Hamilton）的事她无不知晓。她读书的胃口大得惊人，从卢克雷齐娅·博尔贾（Lucrezia Borgia）到西班牙国王菲利普（Philip of Spain）的妻子们，她都有涉猎；她还知道一长串法国皇室情妇的名单，比如阿涅丝·索蕾（Agnès Sorel）、杜

第十五章

巴里夫人（Madame Du Barry），她知道这些人物，还了解她们的所有事。

"我喜欢看真实的内容，"她说，"我不太喜欢小说。"

她喜欢聊黑马厩镇的八卦，我想她喜欢和我一起出去，是因为我和黑马厩镇有联系。她似乎知道那里发生的一切。

"我差不多每隔一周就去看望我母亲，"她说，"只待一晚上。"

"去黑马厩镇吗？"我惊呆了。

"不是，没有去黑马厩镇，"罗茜笑了，"我现在还不愿意去那里，是去哈弗沙姆。我母亲过来和我碰面。我住在我曾经工作过的酒店。"

她从来不是一个健谈的人。在天气晴朗的晚上，我们在音乐厅看完演出后，决定走回去，她总是一言不发。但是她的沉默让我感到亲密、舒适。你并不会觉得她把你排除在她的思维之外，反而觉得自己沉浸在一种四处弥漫的祥和气氛中。

我曾经和莱昂内尔·希利尔聊过她，我说我不明白罗茜是如何从我在黑马厩镇第一次认识的那个清纯可爱的年轻女子，变成了现在几乎人人都承认她美丽的迷人姑娘。（有些人对她的美有所保留。"当然她的身材很棒，"他们说，"但这不是我个人非常欣赏的那张脸。"其他人说："哦，是的，当然，她是一个非常漂亮的女人；但遗憾的是，她并没有多么与众不同。"）

"我可以立刻帮你解答这个问题，"莱昂内尔·希利尔说，"当你第一次见到她时，她只是一个清纯、丰满的年轻姑娘。是我让她变美的。"

我忘了我说了些什么，但我觉得我肯定说他很无耻。

"好吧，这只能说你对美一无所知。在我发现罗茜像太阳一样闪着银光之前，没人对罗茜有什么印象。直到我为她作画，大家才知道她的头发是世界上最迷人的东西。"

"她的脖子、胸部、姿态和骨头都是你造就的吗？"我问。

"是的，小伙子，那些正是我创造的。"

希利尔谈起她时，她面带微笑庄重地听着。她苍白的脸颊微微泛红。我想，一开始听到他谈论她的美貌时，她还以为他只是在开玩笑；但当她发现他并没有开玩笑，把她画得闪闪发光时，这对她并没有特别的影响。她觉得有些好笑，当然也感到很高兴，还夹杂着一丝惊讶，但这并没有让她得意忘形。她觉得希利尔有点疯狂。我常常想他们之间是否有种特殊的关系。我无法忘怀罗茜在黑马厩镇的传闻，也无法忘怀在牧师公馆花园里见到的场景；我也想过她和昆汀·福德以及哈里·雷特福德之间有种什么关系。我过去常常看到她和他们在一起。

第十五章

我觉得他们之间并没有那么亲密，只是普通朋友的关系；她过去常常当着所有人的面公开和他们约会；她看他们时，脸上带着孩子般淘气的微笑，我现在才发现，这种微笑蕴藏着一种神秘的美。有时我和她在音乐厅里并排坐时，我盯着她的脸看；我觉得我并没有爱上她，只是享受静静地坐在她旁边，看着她浅金色的头发和浅褐色的皮肤的那种感觉。当然，莱昂内尔·希利尔说得并没有错，罗茜身上的金色的确像闪闪发光的月光。她就像夏日傍晚太阳的余晖刚从万里无云的天空逐渐消失那样宁静。她的平静没有一丝枯燥无聊，如同八月阳光下肯特郡海岸上平静、碧波粼粼的大海一样生机勃勃。她让我想起了一位意大利老作曲家的一首催人泪下的乐曲，乐曲充满了惆怅，却又有一种温文尔雅的轻浮，轻快的曲子充满欢乐的气息，其中还回响着颤抖的叹息。有时，她看到我盯着她看，会转过身来，盯着我的脸看一会儿。她并没有说话。我不知道她正在想什么。

曾经我记得我去林姆斯路接她，女仆告诉我她还没准备好，让我在客厅里等着。不一会儿，她进来了。她穿着黑色丝绒衣服，戴着一顶插满鸵鸟羽毛的帽子（我们要去亭台剧院，她已经打扮好了），她看起来非常迷人，令我屏息。我惊呆了。她那身衣服让她显得十分端庄，她纯洁靓丽的美貌与她端庄的衣服形成了鲜明对比，凸显了她的娇艳迷人（有时她看上去就像那不勒斯博物馆里那尊精美的普赛克雕像）。她有一种我认为特别罕见的特点：她眼睛下面淡蓝色的皮肤嫩到一掐就出水。有时我不能说服自己这是天生的，有一次我问她是否在眼睛下面擦了凡士林——涂凡士林会有这种效果——她笑了笑，拿了一块手帕递给我。

"擦擦看。"她说。

有一天晚上，我们从坎特伯雷走回家，把她送到家门口后准备道别，当我伸出手时，她轻轻地笑了笑，身子前倾。

"你真是个笨蛋。"她说。

她吻了我的嘴。那并不是匆匆一吻，也不是激情热吻。她的嘴唇，她那丰满的红唇，在我的嘴唇上停留了好一会儿，让我能感受到它的形状、温暖和柔软。然后她从容地收回了双唇，默默地推开门溜了进去，把我留在了门外。我吓得一句话也说不出来。我傻乎乎地接受了她的吻，一动不动地站在门外。我转身走回了我的住所，耳边似乎还回荡着罗茜的笑声。她的笑容并没有轻蔑或伤害的意思，而是满含坦率和深情，好像她是因为喜欢我才这样笑的。

第十六章

此后的一个星期我没有再和罗茜出去。她打算去哈弗沙姆与她母亲住一晚。她在伦敦还有好几场约会。之后，她问我是否愿意和她一起去海马克皇家剧院。这出戏很成功，但没有免费的座位，所以我们决定买正厅后排的票看戏。我们在莫尼卡咖啡馆吃了牛排，喝了一杯啤酒，然后和一大群人在剧院外等候。那时，人们都不排队，剧院门一打开，人们就蜂拥而入。当终于挤进剧院找到座位时，我们已经热得冒汗，上气不接下气，感觉都快被挤垮了。

我们回去时路过圣詹姆斯公园。那天晚上夜色很美，我们坐在长椅上。星光下，罗茜的脸和金发闪着微弱的光芒。她似乎充满了一种既坦率又温柔的友好（我表达得有些笨拙，但我不知道该如何描述她给我的感觉）。她就像黑夜里的一朵银花，只在月光下散发芬芳。我伸出胳膊搂住她的腰，她把脸转向我。这次是我主动吻她的。她没有动，她那柔软的红唇平静而热烈地回应着我压上去的吻,就像湖水接受月光一样。我不知道我们在那里待了多久。

"我好饿。"她突然说。

"我也是。"我笑了。

"我们能不能找个地方吃点炸鱼和薯条?"

"当然可以。"

我对威斯敏斯特非常熟悉。那时候对于议会和其他有教养的人士来说,那座城市还不是高档地区,只是一个破旧的贫民窟。我们离开公园后,穿过维多利亚街,我带罗茜去了霍斯弗利路上的一家炸鱼店。那时天色已晚,炸鱼店里只有一位马车夫,他的四轮马车在外面停着。我们点了炸鱼、薯片和一瓶啤酒。一个穷女人走进来,买了两便士的杂拌,装在一张纸里带走了。我们吃得津津有味。

罗茜回家要经过文森特广场,路过我家时我问她:

"想不想来我家坐一会儿?你还没见过我的房间呢。"

"你的女房东呢?我不想给你惹麻烦。"

"噢,她睡得正香呢。"

"那我就进去待一会儿。"

我把钥匙插进门锁里打开门,走廊里很黑。我牵着罗茜的手带她进去了。我点燃了客厅里的煤气灯。她脱下帽子,使劲

第十六章

挠了挠头。然后她四处找镜子,那时我很有艺术性,已经把壁炉架上的镜子取了下来,客厅里没人能看清自己的样子。

"来我的卧室吧,"我说,"房间里有镜子。"

我打开了卧室门,点燃了蜡烛。罗茜跟着我进来,我举起蜡烛,让她能好好地照镜子。我看着镜子里她整理头发的样子。她取出两三个发卡,放进嘴里,然后拿起我的一把梳子,把她脖子后面的头发往上梳。她把头发挽了起来,拍了拍,又把发卡别起来了。她全神贯注地整理头发时,在镜子里看到了我在看她,她对我笑了笑。她别好最后一根发卡后,转过身来面对着我。她什么也没说,静静地看着我,蓝眼睛里仍然带着一丝友好的微笑。我放下了蜡烛。房间很小,梳妆台就在床边。她抬起手,轻轻地抚摸着我的脸颊。

现在我真希望我一开始没有用第一人称来写这本书。如果能以和蔼可亲或动人的姿态展现自己,用第一人称写作也没什么问题;使用第一人称表现人物的谦逊英勇或令人怜悯的幽默,这种方式具有最佳效果;当你看到读者睫毛上闪烁的泪珠和嘴唇上温柔的微笑时,以第一人称描写自己也十分富有魅力;当你不得不把自己写成一个白痴时,这种写作方法并不绝妙。

不久前,我在《标准晚报》(*Evening Standard*)上读到伊夫林·沃[①]（Evelyn Waugh）先生的一篇文章，他在文章中表示用第一人称写小说是一种可鄙的行为。我希望他能解释理由，但是他只是随随便便地抛出了这个说法，就像欧几里得[②]（Euclid）提出关于平行直线的著名论点那样。我对此很上心，立刻请阿尔罗伊·基尔（他什么书都看，甚至连他为之写序言的书也看）给我推荐一些小说方面的作品。在他的建议下，我读了珀西·卢伯克[③]（Percy Lubbock）先生的《小说技巧》（*The Craft of Fiction*），我从这本书中了解到写小说的唯一方法就是学习亨利·詹姆斯[④]（Henry James）。之后，我看了爱德华·摩根·福斯特[⑤]（E. M. Forster）先生的《小说面面观》（*Aspects of the Novel*），我从这本书中了解到写小说的唯一方法就是学习福斯特。之后，我又看了埃德温·缪尔[⑥]（Edwin Muir）先生的《小说的结构》（*The Structure of the Novel*），我从这本书中一无所获。在这些书中，我找不到任何关于这个有争议的问题的答案。尽管如此，我还是能找到一个原因，为什

[①] 伊夫林·沃（1903—1966），英国作家。
[②] 欧几里得（约公元前330—前275年），古希腊数学家。
[③] 珀西·卢伯克（1879—1965），英国文学批评家、传记作家。
[④] 亨利·詹姆斯（1843—1916），英籍美裔小说家。
[⑤] 爱德华·摩根·福斯特（1879—1970），英国作家。
[⑥] 埃德温·缪尔（1887—1959），苏格兰诗人、文学评论家和翻译家。

第十六章

么某些小说家,如笛福[1](Defoe)、斯特恩[2](Sterne)、萨克雷[3](Thackeray)、狄更斯、埃米莉·勃朗特[4](Emily Bronte)和普鲁斯特[5](Proust)在他们的时代很有名,但现在毫无疑问,他们已经被人们遗忘了,因为他们都使用了伊夫林·沃先生所谴责的方法。随着年龄的增长,我们越来越意识到人类的错综复杂、前后矛盾和不近人情;这确实是给中老年作家提供的唯一借口,他们的思想更应该转向更严肃的事情,但他们把自己的精力都放在虚构人物的琐事上。因为,如果对人类的研究只需研究人,那么,研究小说中连贯、充实、有意义的人物,显然比研究现实生活中非理性、模糊的人更为明智。有时,小说家觉得自己就像上帝,想要把作品中人物的一切都告知你;然而有时他觉得自己并不像上帝;然后他不会告诉你关于书中人物的一切,而是其中一点;随着年龄的递增,我们愈发觉得自己并不像上帝。当听到小说家年纪越大越不愿写脱离他们自己经历的事情时,我并没有感到惊讶。用第一人称来写就是一个非常有用的手段。

  罗茜举起她的手,轻轻抚摸着我的脸。我不知道为什么

---

[1] 笛福(1660—1731),英国作家。
[2] 斯特恩(1713—1768),英国作家、牧师。
[3] 萨克雷(1811—1863),英国作家。
[4] 埃米莉·勃朗特(1818—1848),英国作家、诗人。
[5] 普鲁斯特(1871—1922),法国伟大的小说家。

当时我会那样做；这根本不是我想象中自己在这种场合下应有的表现。我哽咽了一声。我不知道是因为我害羞和寂寞（不是身体上的寂寞，而是精神上的寂寞，因为我整天在医院里和各种各样的人在一起），还是因为我的欲望过于强烈，我哭了起来。我感到特别羞愧；我努力控制自己，但我控制不住；泪水涌出了眼眶，顺着脸颊流了下来。罗茜看着我的泪水，轻呼了一声。

"噢，亲爱的，怎么了？出什么事了？别哭，别哭！"

她用双臂环着我的脖子，也哭了起来，吻着我的双唇、眼睛和湿润的面颊。她解开自己的紧身胸衣，把我的头搂到她的胸前。她抚摸着我光滑的脸，轻轻摇晃着我，如同我是她怀里的孩子。我吻了她的胸脯，吻了她脖子上雪白的肌肤。她脱下紧身胸衣、裙子和衬裙，我搂着她穿着束身衣的腰，抱了她一会儿；然后她屏住呼吸解开了束身衣，穿着衬衣站在我面前。当我把手放在她的身体两侧时，我能感觉到紧身胸衣在她的皮肤上留下的印记。

"把蜡烛熄了。"她小声说。

当晨光透过窗帘，在漫漫长夜的映衬下透出床和衣柜的轮廓时，她叫醒了我。她用亲吻把我弄醒了，她的头发垂在我脸上，让我感觉痒痒的。

第十六章

"我必须得起床了,"她说,"我不想让你的女房东看到我。"

"还早呢。"

当她俯身贴着我时,她的乳房沉重地压在我的胸膛上。过了一会儿,她起床了。我点燃了蜡烛。她对着镜子,把头发扎起来,然后看了看自己赤裸的身体。她的腰天生就很细;虽然她体格健壮,身段却很苗条;她坚实而又坚挺的乳房耸立在胸前,仿佛雕刻在大理石上似的。她这副身材完全为水乳交融而生。天色渐渐亮起来了,在微弱的烛光下,她的全身闪着耀眼的金色,只有硬挺的乳头是玫瑰色的。

我们静静地穿好了衣服。她并没有穿上紧身胸衣,我把它们卷了起来,用一张报纸包了起来。我们踮着脚尖穿过走廊。当我打开门,走到街上时,黎明像一只跳上台阶的猫一样迎着我们跑过来。广场上空无一人,太阳已经照在东边的窗户上了。我觉得自己就如同清晨一样充满活力。我们手挽着手一直走到林姆斯路的拐角处。

"就在这儿分别吧,"罗茜说,"没人会知道。"

我吻了她,看着她远去。她走得很慢,挺直着身板,像乡下女人一样喜欢感受脚下肥沃的大地,迈着坚定的步伐。我无法再回去睡觉了。我一直向前走着,走到了河堤。这条河闪耀着清晨明亮的色调。一艘棕色的驳船顺流而下,从沃克斯豪尔桥下经过。小船上有两个人在划船。我有些饿了。

第十七章

从那以后的一年多,每当罗茜和我一起出去时,她都会在回家的路上到我的房间里待一会儿,有时待一小时,有时一直待到黎明时日光警示着我们,女佣马上就要擦洗台阶。我还记得那些阳光明媚、温暖的早晨,伦敦令人厌倦的空气中带着一种令人愉快的清新气息;我还记得我们在空荡荡的街道上的脚步声,似乎那么响亮;我还记得在寒冷冬季的雨天,我们挤在一把伞下匆匆而行,虽然我们沉默不语,但是彼此内心欢愉。值班的警察碰到我们时,盯着我们看,有时带着怀疑的目光;但有时他的眼睛里也闪烁着理解的光芒。我们偶尔会看到无家可归的流浪汉蜷缩在门廊里睡觉,罗茜会亲切地捏我一下,我会把一枚银币放在他们残疾的大腿上或瘦削的拳头里(主要为了装门面,因为我想给罗茜留下好印象,其实我口袋里的钱不多)。罗茜给我带来了欢乐,我深深地爱上了她。她随和的性格让我感到舒服。她性情平和,和她在一起的人都喜欢她,瞬间能感受到她的快乐。

在我成为她的情人之前，我常常问自己，她是不是其他几个人的情妇，包括昆汀·福德、哈里·雷特福德和希利尔，之后我问起她。她吻了我。

"别犯傻。你知道的，我喜欢他们。只是喜欢和他们一起玩，仅此而已。"

我想问她是不是乔治·坎普的情妇，但我不愿意问。虽然我从未见过她发脾气，但我有一种感觉，她也有脾气，我隐约感到这个问题可能会激怒她。我不想让她有机会说一些伤人的话，让我无法原谅。我还年轻，二十一二岁。昆汀·福德等人好像都比我大。在我看来，罗茜和他们之间的朋友关系似乎很平常。一想到我是她的情人，我感到一丝自豪。每个星期六下午，每当我看到她在茶会上和所有的人谈笑风生时，我总是得意扬扬。我想起我们一起度过的夜晚，不禁想嘲笑那些对我的大秘密一无所知的人。但有时我觉得莱昂内尔·希利尔用古怪的眼神看着我，好像他很得意在我身上发现了一个笑柄。我不安地问自己，罗茜有没有告诉他我俩之间有婚外情。我不知道是不是我的行为出卖了我。我告诉罗茜说我担心希利尔有所怀疑，她用那双似乎随时准备微笑的蓝眼睛看着我。

"别担心，"她说，"他是个思想肮脏的人。"

第十七章

　　我和昆汀·福德的关系并不亲密。他把我看作一个迟钝、无足轻重的年轻人（当然我就是这样），虽然他一向彬彬有礼，但他从来没有注意过我。我觉得他比以前对我更冷淡了，虽然这只是我自己的想法。但是有一天，令我吃惊的是，哈里·雷特福德邀请我一起吃饭和看戏。我告诉了罗茜。

　　"噢，当然你得去。他会让你玩得很开心的。哈里那个老家伙，总是逗我笑。"

　　于是，我和哈里·雷特福德一起吃了个饭。他表现得和蔼可亲，他给我讲的男女演员的故事让我印象深刻。他有一种讽刺性的幽默。他不喜欢昆汀·福德，经常取笑他；我努力让他谈谈罗茜，但他却没什么好说的。他好像是个爱好社交活动的人。他那淫荡的眼神和含沙射影的笑容让我明白，他在女孩子面前是个魔鬼。我不禁问自己，他请我吃饭是不是因为他知道我是罗茜的情人，所以对我很友好。但如果他知道了，其他人当然也知道。我希望我没有表现出来，但在我的心里，我确实觉得自己比他们高出一头。

　　到了冬天，大约一月底的时候，林姆斯路出现了一个新面孔，一位名叫杰克·凯珀（Jack Kuyper）的荷兰犹太人。他是一位来自阿姆斯特丹的钻石商人，因为生意上的事情到伦敦出差，要在这里待几个星期。我不知道杰克·凯珀是怎么认识德里菲尔德夫妇的，也许是出于对作家的尊敬，他才来拜访的，但可以肯定的是，他再次拜访这里，并不是因为敬重德里菲尔德夫妇。他又高又壮、皮肤黝黑，已经秃顶，大大的鹰钩鼻，年过五十，但外表威严、爱好声色、意志坚定、天性活泼。他毫不掩饰对罗茜的爱慕。他显然很有钱，因为他每天给罗茜送玫瑰花；她责备他铺张浪费，却深感荣幸。我受不了他。他就是个张扬的厚脸皮。我讨厌他操着一口异地口音的流利英语；我讨厌他对罗茜的奉承；我讨厌他对罗茜朋友们的热心。我觉得昆汀·福德和我一样不喜欢他；我们几乎因此变得亲密起来了。

"幸好他不会长期待在这里。"昆汀·福德噘起嘴，扬起黑色的眉毛；他白发苍苍，一张蜡黄的脸，看上去非常绅士。"女人都是一样的，喜欢无赖。"

"他极其粗鲁。"我抱怨道。

"这就是他的魅力所在。"昆汀·福德说。

在接下来的两三个星期里，我几乎没有见到罗茜。杰克·凯珀每晚都带她出去，去一家家漂亮的餐厅，看一场又一场戏。我既恼怒又痛苦。

"他在伦敦没有熟人，"罗茜说，努力平复我的怒气，"他想趁着在伦敦的日子多看看。对他来说，总是一个人去不太

第十七章

好。他在这儿再待两个星期。"

我不明白她这种自我牺牲是为了什么。

"但是,你难道不觉得他很让人讨厌吗?"我说。

"不觉得,我觉得他很有趣,总是逗我笑。"

"你难道不知道他完全迷上你了吗?"

"嗯,他喜欢而已,对我又没有什么坏处。"

"他又老又肥,令人讨厌。看到他我就浑身起鸡皮疙瘩。"

"我并不觉得他有这么糟。"罗茜说。

"你不能跟他扯上任何关系,"我反驳道,"我的意思是,他是个可恶的坏蛋。"

罗茜挠了挠头。这是她一个令人讨厌的习惯。

"外国人和英国人的差别真有趣。"她说。

我很欣慰杰克·凯珀回到了阿姆斯特丹。罗茜答应第二天和我一起吃饭,为了庆祝一下,我们安排在索霍区吃饭。她用双轮马车来接我,我们一同前往。

"你那个讨厌的老男人走了吧?"我问。

"是的。"她笑了。

我双臂搂着她的腰。(我曾在别的地方说过,对于这种令人愉快、几乎是情侣交往中必不可少的行为来说,双轮马车比今天的出租车要方便得多,这里我只好违心地不过多强调这一点。)我搂着她的腰吻了她。她的嘴唇像春天的花朵。我们到了。我把帽子和外套(衣服的腰身又长又紧,领子和袖口都是天鹅绒的,非常时髦)挂了起来,让罗茜把她的披肩给我。

"我就穿着吧。"她说。

"你会很热的。我们出去时,你会感冒的。"

"我不在乎。这是我第一次穿,我想穿着。你不觉得很漂亮吗?瞧,和手筒很相配。"

我看了一眼披肩。"是皮质的。我不知道那是貂皮的"。

"看起来很贵的样子。你上哪儿弄的?"

"杰克·凯珀给我的。昨天他动身之前,我们一起去买的。"她抚摸着光滑的皮毛。她高兴的样子就像孩子得到玩具一样。"你猜花了多少钱?"

"我不知道。"

"二百六十英镑。你知道我这辈子还没买过这么贵的东西吗?我告诉他这太贵了,但他不听,硬要买给我。"

罗茜高兴地笑了起来,眼睛闪闪发光。但我觉得我的脸色沉了下来,脊背打了个寒战。

"凯珀给你买了一件这么昂贵的皮草披肩,难道没有引起德里菲尔德的怀疑吗?"我试着让我的声音听起来自然一些。

罗茜调皮地眨着眼睛。

"你知道爱德华是什么样的人,他不会在意这些;如果他

第十七章

说了什么,我就告诉他我在当铺花了二十英镑买的。他不会知道的。"她把脸在衣领上蹭了蹭,"多柔软啊!谁都看得出这件披肩很昂贵。"

我费力吞下食物,为了隐藏心中的苦涩,我尽我所能谈其他的话题。罗茜并不在意我说的话。她只想着她的新披肩,每隔一分钟,她的眼睛就会回到她硬要放在腿上的手筒。她怀着悠闲、自我满足的感情望着它。我生气了。我觉得她又笨又俗。

"你看起来像吞了金丝雀的猫。"我情不自禁怒气冲冲地说。

她只是咯咯地笑。

"没错。"

二百六十英镑对我来说是一笔巨款。我不知道一件披肩怎么这么昂贵。我一个月十四英镑的生活费,过得也不差。如果有读者不擅长算数的话,我补充一点,一个月十四英镑的生活费,一年就是一百六十八英镑。我无法相信有人会出于纯粹的友谊关系而赠送对方如此昂贵的礼物。这不正说明杰克·凯珀在伦敦的这段时间,每晚都和罗茜上床,因为他走了,所以要给她钱吗?她怎么能接受呢?难道她看不出这是莫大的侮辱吗?显然她没有,因为她对我说:

"他真是太好了,不是吗?但犹太人总是很慷慨的。"

"我想是因为他买得起。"我说。

"噢，是的，他有很多钱。他还说过他走前要给我一些东西，问我想要什么。我说可以买件披肩来搭配手筒，但我从没想过他会给我买这么贵的。当我们走进商店时，我让他们给我看一些俄国羔羊毛披肩，但他说：'不，要貂皮的，买最好的，不管价钱。'看到这件披肩时，他坚决要给我买这件。"

我想到她雪白的身体，乳白色的肌肤，躺在那个又胖又恶心的老头怀里，他那厚而松弛的嘴唇吻着她。然后，我知道我之前拒绝相信的怀疑都是真的；我知道，当她和昆汀·福德、哈里·雷特福德和莱昂内尔·希利尔一起出去吃饭时，她也和他们上床睡觉，就像和我上床一样。我说不出话来，我知道如果我说了，就会侮辱她。我想与其说我是嫉妒，不如说是羞愧。我觉得她一直在愚弄我。我用了最大的决心，才不让那些尖刻的讥讽话语从我嘴里说出来。

我们还是去了剧院。我听不进这出戏。我只能感受到那件光滑的貂皮披肩贴在我胳膊上，我只能看到她的手指不停地抚摸着手筒。我可以忍受她与其他几个人在一起，让我恶心的是杰克·凯珀。她怎么可以这样呢？我真想足够有钱，那么我就可以告诉她如果她把那家伙的这件难看的貂皮披肩送回去，我就给她买件更好的。终于，她注意到我没有说话。

"你今晚很沉默。"

"我吗？"

第十七章

"你还好吗？"

"很好。"

她斜眼看了我一眼。我没有与她对视，但我很清楚，她的脸上露出了孩子般顽皮的笑容。她什么也没说。戏剧结束时，因为下雨，我们坐上了双座马车，我把她在林姆斯路的住址告诉了马车夫。直到我们到了维多利亚街，她才开口说：

"你不想让我和你一起回家吗？"

"随你。"

她掀起马车的帘子，把我的住址告诉了马车夫。她握住我的手，但我仍然无动于衷。我怒气冲冲地盯着窗外，一脸严肃的样子。当我们到达文森特广场后，我扶她下了马车，把她带进了屋子，全程一句话也没说。我脱下了我的帽子和外套，她把披肩和手筒扔到沙发上。

"你怎么一副闷闷不乐的样子？"她走向我，问道。

"我没有。"我看着别处回答。

她双手捧着我的脸。

"你怎么这么傻啊？为什么杰克·凯珀送我一件貂皮披肩你就这么生气？你买不起这么贵的，是吗？"

"我当然买不起。"

"爱德华也买不起。你不能指望我拒绝一件价值二百六十英镑的貂皮披肩。我一直想要一件貂皮披肩。这对杰克来说算不了什么。"

"别指望我相信他是出于友谊才给你买的。"

"可能是的。不管怎么说,他已经回阿姆斯特丹了,谁知道他什么时候回来。"

"他也不是唯一一个。"

我现在看着罗茜,眼里充满了愤怒、痛苦和怨恨,她笑着看着我。我真希望知道如何描述她微笑中的柔情蜜意。她的声音非常温柔。

"噢,亲爱的,你何必为别人操心呢?对你有什么伤害吗?我没有给你带来快乐吗?和我在一起你不开心吗?"

"很开心。"

"那好吧。你太傻了,对一点儿小事就大惊小怪,还吃醋。为什么不为你能得到的感到高兴呢?我说,趁还有机会好好享受吧,百年之后,我们都变成了尘土,那还有什么要紧的事呢?趁我们还有时间,让我们好好享受吧。"

她搂着我的脖子,嘴唇紧贴着我的嘴唇。我忘记了愤怒,脑海里只有她的美丽,深陷她的柔情之中。

"你必须接受真实的我,懂吗?"她小声说。

"好。"我说。

第十八章

在这段时间，我很少看到德里菲尔德。他把白天大部分时间投入到编辑工作中，晚上忙于写作。当然，他每个星期六下午都在家，和蔼可亲，还带有一种讽刺意味的幽默；他似乎很高兴见到我，每次都和我愉快地聊一会儿无关紧要的事。但他的注意力自然集中在比我年长、比我重要的客人身上。但我能感受到他越来越冷漠了，他已不再是我在黑马厩镇认识的那个快活而粗俗的伙伴了。也许只是我越来越敏感，才觉察到他和跟他开玩笑的人之间存在一道看不见的障碍。他好像活在一个充满想象的世界里，每天的真实生活反而显得有些模糊不清。偶尔客人会邀请他在公共晚宴上讲话。他加入了一个文学俱乐部，结识了许多写作圈子之外的人，越来越多的女士请他一起吃午饭和喝茶，她们喜欢把杰出的作家聚在一起。她们也会邀请罗茜，但她很少去；她说自己不喜欢聚会，毕竟她们并不是为了她，而是为了爱德华。我觉得她是因为害羞，感觉不自在。也许那些邀请她参加的女主人不止一次对她表现得很厌烦；也许是出于礼貌邀请她，现场又不理睬她，因为她们并不想和她寒暄。

就在那时，爱德华·德里菲尔德出版了《生命之杯》（*The Cup of Life*）。我没有必要评论他的作品，近来关于他作品的评述多得足以满足任何普通读者的需求；但我必须承认，《生命之杯》虽然不是他最著名的作品，也不是最受欢迎的作品，但在我看来却是最有趣的作品。这本书中的冷酷无情在伤感的英国小说中独具匠心。这本书让人耳目一新，笔调辛辣尖刻，品尝起来像酸苹果一样。它会让你酸掉牙，但它有一种微妙的苦甜味，沁人心脾。在德里菲尔德所有的书中，这是我唯一想写书评的一本书。书中孩子的死亡场面惨不忍睹又令人悲痛，但却写得毫不含糊，也没有病态，以及随后发生的奇怪事件，任何读过的人都不会轻易忘怀。

正是这本书的这一部分引发了一场突如其来的风暴，向可怜的德里菲尔德劈头盖脸地袭来。这本书出版后的几天，看起来似乎会像其他小说一样。也就是说，会有一些关于这本书的评论，总体来说是赞扬的，但有所保留，销量会很可观，但并不高。罗茜告诉我，德里菲尔德预计能赚到三百英镑，打算在河边租一间房子过夏天。最初的两三份评论态度含糊，后来，

第十八章

一份晨报上刊登了一篇猛烈抨击这本书的文章，占了这份报纸的一大页。这本书被描述为无端冒犯他人的淫秽小说，也责备了出版商竟然让这样的书进入大众视野。文中描绘了种种令人痛心的画面，认为这部作品对英国年轻人具有毁灭性的影响。作者认为这是一部侮辱女性的书。评论家反对这样的作品落入年轻男孩和无辜少女的手中。其他报纸也纷纷效仿。更愚蠢的人要求禁止出版这本书，一些人严肃地要求检察官进行适当干预。到处都是谴责这本书的声音，即使有个别勇敢的作家习惯了欧洲大陆小说更为现实主义的风格，称这本书是爱德华·德里菲尔德最优秀的作品，也没人理会。他的诚实的意见反被认为是出于哗众取宠的卑鄙意图。这本书成了图书馆的禁书，出租图书的铁路书摊也拒绝引进这本书。

对爱德华·德里菲尔德来说，这一切必定不顺心，但他豁达平静地忍受着这种打击，只是耸了耸肩。

"他们说我的小说不真实，"他笑着说，"活见鬼。这部小说就是真实的。"

在这次磨难中，德里菲尔德得到了朋友们的忠诚支持。是否欣赏《生命之杯》成为判断审美敏锐度的标志；对这部作品感到震惊，就等于承认自己是个庸人。巴顿·特拉福德太太毫不犹豫地说这是一部杰作，尽管现在还不是巴顿在《评论季刊》上发表文章的合适时机，但她对爱德华·德里菲尔德未来的信心一直都未动摇。现在读这本曾引起如此轰动的书，感觉很奇怪（也很有教育意义），书中没有一个词能使最朴实的人脸红，也没有一个情节能使当今的读者露出惊讶的表情。

第十九章

大约六个月后,《生命之杯》引发的激烈讨论已经平息下来,德里菲尔德已经开始着手写另一部小说,并以《他们的收获》(*By Their Fruits*)为名出版。当时我是一名医学院四年级的学生,在病房里担任外科手术助手。有一天在值班时,我走到医院的大厅,等待陪同我巡视病房的外科医生。我瞥了一眼放信的架子,因为有人不知道我在文森特广场的地址,就把信寄到医院了。我惊讶地发现了一封给我的电报。内容如下:

请务必在今天下午五点钟来见我。有重要的事。

伊莎贝尔·特拉福德

我不知道她找我什么事。在过去两年时间里,我也许遇到过她几十次,但她从未注意到我,我也没去过她家。我知道男人很少参加茶会,女主人如果在最后一刻发现茶会缺少男人,可能会觉得有一个年轻的医学生总比没有好。但从电报的措辞来看,并没有什么聚会的意思。

我协助的那位外科医生无趣又啰唆。五点后我才有空,然后我还要花二十分钟去切尔西。巴顿·特拉福德太太住在堤岸的一栋公寓里。大约六点,我按响了她家的门铃,问她是不是在家。被带进客厅后,我开始解释为什么这么晚才来,她打断了我的话。

"我们想你肯定有事难以脱身,没关系的。"

她的丈夫也在那儿。

"我想他会想要杯茶。"他说。

"噢,我想这个时候喝茶有些晚了,是不是?"她静静地看着我,温和而美丽的眼睛充满善意,"你不想喝茶,是吧?"

我又渴又饿,午餐就吃了一块加了黄油的司康饼和一杯咖啡,但我不想告诉他们。我拒绝了喝茶。

"你认识奥尔古德·牛顿(Allgood Newton)吗?"巴顿·特拉福德太太指着一个人问道,我进客厅时,这个人正坐在大扶手椅上,现在站了起来,"我想你在德里菲尔德家见过他。"

这个人我见过。他并不常来德里菲尔德家,但我很熟悉他的名字,还记得他。他让我有些紧张,我想我从来没有跟他说过话。虽然现在人们都忘了他,但在当时他是英国赫赫有名的评论家。他身材高大、肥胖,脸蛋白皙,还有一双浅蓝色的眼睛,金色的头发已经花白。为了凸显他眼睛的颜色,他一般戴

第十九章

一条浅蓝色的领带。他对在德里菲尔德家遇到的所有作家都非常和善,对他们说了一些动听的奉承话,但当他们走后,他却拿他们消遣娱乐。他说话的声音低沉而平稳,用词得体:在讲述朋友的坏话时,没有人像他那样一语破的。

奥尔古德·牛顿和我握手,巴顿·特拉福特太太体贴入微,想让我放松自在,拉着我的手,让我坐在她旁边。茶点一直放在桌子上,她拿起一块果酱三明治,轻轻地咬了一口。

"你最近见到过德里菲尔德夫妇吗?"她问我,好像为了挑起话题。

"上个星期六我去过他们家。"

"之后就没见过他们俩了吗?"

"没有。"

巴顿·特拉福特太太把目光转向奥尔古德·牛顿后,又转向她的丈夫,又看向奥尔古德·牛顿,好像在无声地请求他们的帮助。

"拐弯抹角是无济于事的,伊莎贝尔。"奥尔古德·牛顿说,他的眼睛里闪烁着一丝恶意,却一脸认真的样子。

巴顿·特拉福特太太看向我。

"那么你不知道德里菲尔德太太已经跑了吧。"

"什么!"

我惊呆了，简直不敢相信我的耳朵。

"奥尔古德，这事由你告诉他会好一些。"特拉福特太太说。

奥尔古德又坐回那把扶手椅，把一只手的指尖放在另一只手的指尖上。他津津有味地说着。

"昨天晚上，因为我在给爱德华·德里菲尔德写一篇文学评论文章，必须要见见他，吃完晚饭后夜色不错，我想闲逛到他家去。他正在等我，我知道，除了参加市长大人的宴会或艺术院的晚宴这样重要的活动外，他晚上从来不出去。当我快到他家时，看见他的房门开了，爱德华走了出来。你可以想象我当时是多么惊讶，不，我完全蒙圈了。当然，你知道，伊曼努尔·康德[①]（Immanuel Kant）有个习惯，每天准时出门散步，柯尼斯堡的居民都习惯在他出门时来校准手表。有一次，他比平常早一个小时出门，他们的脸色都变白了，因为他们知道，这一定是发生了什么可怕的事情。他们猜对了，伊曼努尔·康德刚刚收到巴士底狱陷落的消息。"

为了增强效果，奥尔古德·牛顿停顿了一会儿。巴顿·特拉福特太太会心一笑。

"当我看到爱德华急匆匆地向我走来时，我没有想到会发

---

① 伊曼努尔·康德（1724—1804），德国哲学家、作家。

第十九章

生这样一场惊天动地的横祸,但我立刻意识到发生了一些不幸的事情。他没有拿手杖,也没戴手套。他穿着工作服,一件古老的黑羊驼毛外衣,戴着一顶宽大的帽子。他的神态狂野,透露出心烦意乱的神情。我知道夫妻关系的变化无常,心想,他是不是因为婚姻上的分歧而匆匆离开了家,还是急匆匆地跑到信箱去寄信。他像希腊英雄赫克托耳(Hector)一样飞驰而过。他似乎没有看见我,我突然怀疑他并不想看见我。我叫住了他。'爱德华。'我说。他看起来有些吃惊。我肯定有那么一瞬间,他根本不知道我是谁。'是什么复仇的怒火催着你如此急匆匆地穿过皮姆利科的荒山?'我问。'噢,是你啊。'他说。'你要去哪儿?'我问。'不去哪儿。'他回复说。"

以这样的速度讲下去,奥尔古德·牛顿永远讲不完这件事,要是我晚半小时回去吃饭,哈德森太太一定会生气的。

"我告诉他我此行的目的,并提议我们去他家里,在那里他可以更方便地讨论那个困扰我的问题。'回家我会感到焦躁不安,'他说,'我们一起走走吧,可以边走边聊。'我答应了,转过身来,我们一起散步。但是他的步伐太快了,我不得不让他放慢脚步。即使约翰逊博士(Dr. Johnson),以快车的速度沿着舰队街走着的时候,也无法与人交谈。爱德华看起来有些奇怪,他的行为如此激动,我想带他穿过人烟稀少的街道是明智的。我跟他提起我的文章。我正在构思的主题比乍一看要丰富得多，怀疑自己究竟能否在一本周刊的专栏里把它讲得恰如其分。我在他面前全面讲出了我的问题所在，并询问他的意见。'罗茜离开了我。'他说。一时半会儿，我还不知道他在说什么，但一瞬间，我知道他在说她丰满、讨人喜欢的妻子——我偶尔从她手里接过一杯茶。从他的语气中我猜出他希望得到我的慰问而不是祝贺。"

奥尔古德·牛顿又停了下来，他的蓝眼睛闪着光芒。

"你太棒了，奥尔古德。"巴顿·特拉福德太太说。

"可笑极了。"她丈夫说。

"我意识到他此刻需要同情，我说，'我亲爱的朋友。'他打断我。'我收到了上一班邮差寄来的一封信，'他说，'她和乔治·坎普勋爵一起跑了。'"

我倒吸了口凉气，但没说什么。特拉福德太太迅速看了我一眼。

"'乔治·坎普勋爵是谁？''他是黑马厩镇上的人。'他回复说。我几乎没有时间思考，我决定坦白。'你摆脱她也挺好。'我说。'奥尔古德！'他大叫一声。我停了下来，把手放在他的胳膊上。'你肯定知道她和你所有的朋友都在欺骗你。她的行为是众矢之的。亲爱的爱德华，我们面对事实吧：你的

第十九章

妻子只不过是个荡妇。'他把胳膊从我身上抽开，发出一声低沉的吼叫，就像婆罗洲森林里的猩猩被强行抢走了一个椰子。我还没来得及阻止他，他就挣脱开逃跑了。我吓了一跳，我什么也做不了，只能听着他的哭声和匆匆离开的脚步声。"

"你不应该让他一个人走，"巴顿·特拉福德太太说，"在那种状态下，他可能会去泰晤士河自尽。"

"我当时也想到了，但我注意到他并没有朝河边的方向跑去，而是一头扎进了我们刚才走过的比较简陋的街道里。我又想到，在文学史上没有一个作家在创作文学作品时自杀的例子。不管他经历了怎样的磨难，他都不愿给后世留下一部未完成的作品。"

我对我所听到的消息感到震惊和沮丧，但也感到一丝焦虑，不明白巴顿·特拉福德太太为什么要叫我来。她对我完全不了解，不可能认为我对这个故事有什么特别的兴趣。她也不会仅仅把这件事当作新闻告诉我。

"可怜的爱德华，"她说，"当然，没人能否认这是因祸得福，但是我担心他放不下这件事。幸好，他没有鲁莽行事。"她看向我。"牛顿先生告诉我这件事后，我就前往林姆斯路。爱德华出去了，但女仆说他刚出门。也就是说，他从和奥尔古德分别到今天早上这段时间肯定回过家。你肯定想知道为什么我叫你来。"

我没有回答,等她继续说。

"黑马厩镇是你初次结识德里菲尔德夫妇的地方,是吧?你能告诉我们乔治·坎普勋爵是谁吗?爱德华说他是黑马厩镇人。"

"他是位中年男子,已有一位妻子和两个儿子。他的孩子和我差不多大。"

"但我不知道他的身份。我在《名人录》或德布雷特英国贵族年鉴中都没有找到他的名字。"

我差点儿笑出声。

"噢,他并不是真的勋爵。他是当地的煤炭商,看起来很高贵,黑马厩镇的人都叫他乔治勋爵。这就是一个玩笑。"

"对于外行人来说,乡村幽默往往有点晦涩难懂。"奥尔古德·牛顿说。

"我们必须尽我们所能帮助亲爱的爱德华,"巴顿·特拉福德太太若有所思地看着我,"如果坎普和罗茜·德里菲尔德私奔了,那他一定抛弃了他的妻子。"

"我想是的。"我回复说。

"你能帮我一个忙吗?"

"如果我能帮上忙,我愿意。"

第十九章

"你能回黑马厩镇一趟去查明到底发生了什么吗？我想我们应该与乔治·坎普的妻子取得联系。"

我从来不爱管别人的私事。

"我不知道怎么跟她联系。"我回答。

"你能去看看她吗？"

"不能。"

可能巴顿·特拉福德太太觉得我的回答过于直率，微微一笑。

"无论如何，这件事可以之后再谈。目前最紧急的事情是回到黑马厩镇，找到坎普。今晚我想去看看爱德华。一想到他一个人待在那所讨厌的房子里，我就受不了。巴顿和我决定把他带到这里来。我们有一间空房，我会安排好，让他在那里工作。奥尔古德，你觉得这对他来说是最好的选择吗？"

"当然是。"

"他没有任何理由不一直待在这儿，至少得待上几个星期，夏天他就可以跟我们一起走了。我们要去布列塔尼，我相信他会喜欢的。这对他来说将是一个彻底的改变。"

"最根本的问题就是，"巴顿·特拉福德看着我说，他的眼神和她妻子一样温和，"这位年轻的外科医生是否会去黑马厩镇查明真相，我们必须知道自己的处境，这才是关键所在。"

巴顿·特拉福德说话时态度真诚、诙谐，甚至还用了一些俚语，以此来为他对考古学的兴趣辩解。

"他不可能拒绝，"他妻子用温柔、恳求的眼神看着我，"你不会拒绝，是吧？这件事很重要，只有你能帮忙。"

当然，她不知道我和她一样也渴望知道发生了什么，她不了解我内心是多么嫉妒和痛苦。

"星期六之前我无法离开医院。"我说。

"那就行了。你太好了，爱德华的所有朋友都会感激你的。你什么时候回来呢？"

"我必须在星期一早上赶回伦敦。"

"星期一下午过来和我们一起喝茶吧。我满怀期望地等着你。谢天谢地，那就这么定了。现在我必须设法找到爱德华。"

我知道我该离开了。奥尔古德·牛顿也要离开了，和我一起下楼。

"伊莎贝尔今天有点儿阿拉贡的凯瑟琳（Catherine of Aragon）的气质，我觉得非常得体，"当我们身后的门关了后，他小声说，"这是一个千载难逢的机会，我们的朋友肯定不会错过这个机会。她极具魅力，又有一副菩萨心肠。维纳斯捕获了她的猎物。"

我不明白他是什么意思，因为我已经告诉读者，我是很久

第十九章

以后才知道有关巴顿·特拉福德太太的事,但我意识到他的话对巴顿·特拉福德太太隐约有些恶意,也许还很有趣,于是我偷偷地笑了起来。

"我看你很年轻,想要坐伦敦的贡多拉平底船吧,我的朋友迪兹(Dizzy)在不走运的时候,是这样给它命名的。"

"我打算坐公共客车回去。"我回答说。

"噢?如果你提议乘双轮马车,我就要请你顺路送我一程,但是如果你要乘普通的交通工具,按照我的老派习惯,我还是喜欢叫公共马车。我还是把我那笨重的躯体挤进一辆四轮出租马车吧。"

他向一辆马车招手,并用两个软绵绵的手指跟我握手。

"我星期一来听你的结果,亲爱的亨利说你的任务是如此精妙。"

第二十章

可是，我又过了好几年才见到奥尔古德·牛顿。因为我一到黑马厩镇，就收到了巴顿·特拉福德太太的一封信（她特意记下了我的地址），在信中，她告诉我不要去她的公寓，让我六点钟在维多利亚车站头等候车室等她，她见到我就会解释原因。星期一，我一离开医院就去了约定地点，在候车室等了一会儿，看到她进来了。她迈着轻快的步伐向我走来。

"你有什么要告诉我的吗？我们找个安静的角落坐下来吧。"

我们找了一会儿，找到了一个位置。

"我必须向你解释为什么叫你来这儿，"她说，"爱德华现在和我们住在一起。一开始，他并不想过来，我说服了他。但他紧张不安，还生病了，容易暴怒。我不想冒险让他见到你。"

我把基本情况告诉了特拉福德太太，她专注地听着，时不时对我点头。但我不期待她能理解我在黑马厩镇见到的骚动。这个小镇因为这件事搅得天翻地覆。多年来，黑马厩镇没有发生过如此激动人心的事情，人们一直谈论着这件事。矮胖墩摔了个大跟头。乔治·坎普勋爵已经潜逃。一周前，他说要去伦敦出差，两天后，就提出了破产申请。他的建筑经营似乎并不成功。他试图将黑马厩镇打造成一个海滨度假胜地，但没有得到大家的响应。他被迫尽一切可能筹集资金。这个小镇充斥着各种各样的谣言。许多把积蓄托付给他的普通人面临着倾家荡产的命运。我并未了解到详细情况，因为我的叔叔和婶婶都不了解任何商业事务，而我在这方面的知识也比较匮乏，很难理解他们告诉我的事情。但我知道乔治·坎普的房子被抵押了，他的家具也在售卖。他的妻子身无分文。他的两个儿子，一个二十岁，一个二十一岁，从事煤炭生意，但也受到了破产的影响。据说乔治·坎普带着他能拿到的所有现金走了，大约一千五百英镑。我无法想到他们是怎么知道的，听说已经签发了对他的逮捕令。人们猜想他已经离开了英国；有些人说他已经逃往澳大利亚，还有些人说他去了加拿大。

"我希望警方能抓住他，"我叔叔说，"他应该被终身监禁。"

小镇上的所有人都感到愤怒。他总是那么花哨。他戏弄镇上的人，请他们喝酒，为他们举办花园派对，还开着一辆漂亮的双轮马车，棕色的毡帽戴得如此潇洒。这一切行为都让他们

第二十章

无法原谅他。但星期日晚上,做完礼拜后,教区委员在法衣室告诉了我叔叔最糟糕的消息。过去两年,乔治·坎普几乎每周都在哈弗沙姆与罗茜·德里菲尔德碰面,在酒吧里共度良宵。那个酒吧许可经营人把钱投进了乔治勋爵的一个投机计划,发现这些钱打了水漂后,就把事情原原本本地抖了出来。如果乔治勋爵欺骗别人,他还可以忍受,但是乔治要是欺骗帮助过他并将他视为密友的人,那就欺人太甚了。

"我猜他们是私奔的。"我叔叔说。

"我看这一点儿都不奇怪。"教区委员说。

晚饭后,女佣在打扫卫生,我到厨房去找玛丽·安。她去了教堂,也听说了这件事。我相信那天晚上没有多少人会非常认真地听我叔叔的布道。

"牧师说他们私奔了。"我说。我所知道的事情,一个字也没说。

"哎呀,当然是这样,"玛丽·安说,"他是她唯一真正喜欢的男人。他只要抬抬手指,她就会离开任何人,不管是谁。"

我垂下眼帘,感受到了痛苦的屈辱。我对罗茜很生气:我觉得她对我太恶劣了。

"我想我们再也见不到她了。"我说。我说出这句话时,感到一阵痛苦。

"我想我们不会再见到她了。"玛丽·安爽朗地说。

我把自己知道的事情全部告诉了巴顿·特拉福德太太,她叹了口气,但我不知道她是高兴还是难过。

"好吧,不管怎样,罗茜的事情就到此结束了。"她说。她站了起来,伸出手来。"为什么这些文人会拥有这么不幸的婚姻?这都太令人伤感了。非常感谢你所做的一切。现在我们已经知道了自己所面临的局面。最重要的是不让这件事影响爱德华的创作。"

她的话对我来说似乎不太连贯。事实上,毫无疑问她根本没有想过我。我和她一起走出了维多利亚车站,把她送上前往切尔西国王路的公共马车。然后,我走回自己的住所。

第二十一章

我与德里菲尔德失去了联系。我过于腼腆，不敢去找他。我忙于自己的考试，考试通过后就出国了。我依稀记得在报纸上看到他和罗茜离婚了，之后，就再也没有听到任何关于她的消息了。据说她母亲偶尔会收到一两笔钱，一二十英镑，都是用挂号信寄来的，邮戳是纽约。但信封上没有地址，也没有附信，人们觉得信是罗茜寄来的，因为别人不可能给甘恩太太寄钱。几年后，罗茜的母亲去世了，也许罗茜知道了这个消息，因为再也没有收到她寄来的钱了。

第二十二章

阿尔罗伊·基尔和我按照约定，星期五在维多利亚车站碰面，乘坐五点十分的车前往黑马厩镇。在吸烟车厢里，我们舒服地面对面坐着。现在我从他那里大致了解了德里菲尔德的妻子从他身边逃走后的事情。没过多久，罗伊和巴顿·特拉福德太太变得非常亲密。我了解罗伊，也还记得巴顿·特拉福德太太，我意识到他们的亲密是无法避免的。当听说他曾与巴顿夫妇一起在欧洲大陆旅行，与他们一同热情地欣赏瓦格纳[①]、后印象派绘画和巴洛克建筑时，我并未感到惊讶。他一直前往特拉福德太太在切尔西的公寓里吃午饭，特拉福德太太年事已高，身体每况愈下，只能待在客厅里。罗伊虽然事务繁忙，但还是定期一周一次到她那儿坐会儿。罗伊心地善良。在特拉福德太太死后，他写了一篇关于她的纪念文章，在这篇文章中，他以令人钦佩的情感公正地表达了她的同情心和辨别力。

[①] 瓦格纳（1813—1883），德国作曲家、剧作家和指挥家。

我感到很欣慰，罗伊的善良得到了意想不到的回报。巴顿·特拉福德太太给罗伊讲述了关于爱德华·德里菲尔德的许多故事，现在这些材料大有用处，有助于他创作关于爱德华的这部作品。爱德华·德里菲尔德在不忠的妻子跑了后，剩下了只能用法语"绝望"来形容的感觉，巴顿·特拉福德太太用尽各种手段把他带回了自己的家，而且还说服他待了将近一年。在这段时间里，她对他体贴入微，表现了一个女人的精明和谅解；她既有女性的机智，又有男性的活力，并且心地善良，对重要机会有着敏锐的眼光。正是在她的公寓里，他完成了《他们的果实》这本书。她有理由把这部作品看作是她自己的书，而他把这本书献给她也证明了德里菲尔德并没忘记欠她的人情。巴顿·特拉福德太太带着他前往意大利（当然也带了巴顿，因为特拉福德太太非常清楚人心是多么险恶，她不会授人口实），她手里拿着一卷罗斯金[①]的作品，向爱德华·德里菲尔德展示那个国家不朽的美景。然后他在犹太古圣殿给他找到了几个房间，安排了几次小型午宴。她充当着优雅女主人的角色，让他接待那些因他声名鹊起而来赴宴的人。

必须承认，他的声誉主要是她的功劳。晚年他才大有名气，那时他已不再写作，毫无疑问，他享有的名誉基础是巴

[①] 罗斯金（1819—1900），英国哲学家、评论家。

第二十二章

顿·特拉福德太太打下的。她不仅鼓励巴顿最后在《评论季刊》上发表了那篇文章（也许她也写得不少，因为她妙笔生花），在这篇文章中有人提出，德里菲尔德必须跻身英国小说大师之列。而且德里菲尔德每出一本新书，她都要举办作品欢迎会，拜访编辑，更重要的是，拜访一些有影响力的报刊的老板。她举办晚会，邀请所有能够提供帮助的人参加。她说服爱德华·德里菲尔德出于慈善目的到大人物家里朗读他的作品，并设法让他的照片刊登在插图周刊上。她亲自修改他所有采访的稿子。十年来，她一直勤勤恳恳地做他的新闻代理人，把他稳稳地摆在公众面前。

巴顿·特拉福德太太那会儿过得非常愉快，但她并没有因此而趾高气扬。其实，邀请德里菲尔德去参加宴会也要邀请巴顿·特拉福德太太，不然就徒劳无益，德里菲尔德是不会答应的。无论应邀出席什么场合，她和巴顿以及德里菲尔德三人总会结伴而行。她从未让德里菲尔德离开过她的视线。有些女主人可能会感到愤怒，但她们只能接受或者选择不邀请他们。一般来说，她们都接受了。即使巴顿·特拉福德太太碰巧有点儿不高兴，也是通过他表现出来的。当她生气时，她依然绽放魅力，而爱德华·德里菲尔德就会异常粗暴。但她清楚地知道如何让德里菲尔德敞开心扉,当宾客都是一些杰出人物时,她能让德里菲尔德大放异彩。他俩配合得很完美。她坚信他是那个时代最伟大的作家,从不隐瞒自己的这种想法;她不仅总是称他为大师,而且有点儿略带戏谑,又十分奉承地称呼他。最后,她对他还有些调皮耍闹的意味。

后来,一件可怕的事情发生了。德里菲尔德得了肺炎,病情很严重。有一段时间,他对生活感到绝望。巴顿·特拉福德太太做了一个女人能做的所有事情。她很愿意亲自照顾他,但她身体虚弱,已经六十多岁了,所以她必须请专业护士来护理他。最终他康复了,医生说他必须到乡下去休养,因为他仍然非常虚弱。医生坚持需要一位护士陪同。特拉福德太太想让他去伯恩茅斯,因为离得近,周末能去看望他,看他是否一切安好,但是德里菲尔德喜欢康沃尔,医生一致认为彭赞斯温和的气候比较适合他休养。人们会认为,像伊莎贝尔·特拉福德这样有敏锐直觉的女人会预感到某种不祥,但她并没有。她让他离开了。她向护士强调这是重大的责任,她交到她手中的虽然不是英国文学的未来,至少也是最杰出的代表人物,她需要负责他的起居安危。这个责任无法用价值来衡量。

三周后,爱德华·德里菲尔德写信告诉特拉福德太太,他

第二十二章

通过特别许可，娶了他的护士。

　　我想，巴顿·特拉福德太太面对这种境况时的态度，最能体现她的伟大精神。她大叫叛徒、叛徒了吗？她有没有歇斯底里地扯掉头发，摔倒在地，双脚乱踢？她有没有对温和而博学的巴顿发火，骂他是个喋喋不休的老傻瓜？她有没有痛斥男人的不忠和女人的放荡呢？或者为了减轻自己的伤害，扯着嗓子大声喊出一串下流的话呢？精神病学家告诉我们，正派的女人却出奇地了解这些话。她却没有这样做。她给德里菲尔德写了一封风趣的贺信，并给他的新娘写信说她很高兴，现在她将有两个而不是一个亲密的朋友。她想要他们俩回到伦敦后和她住在一起。她告诉她遇到的每一个人，这段婚姻让她非常高兴，因为爱德华·德里菲尔德马上就要步入老年了，必须有人照顾，谁能比医院护士做得更好呢？对于现任德里菲尔德太太，她除了夸赞外，再也没说其他的。她说她其实并不美，但是长着一张不错的脸蛋。当然，她并不是上层社会的小姐，但是如果爱德华娶了一位太高贵的小姐，反而让人们感到不舒服。德里菲尔德现任太太正适合做爱德华的妻子。我想说巴顿·特拉福德太太心地善良，也许并不过分，但我还是隐隐觉得，如果这种善良中掺杂一些讥讽的味道，那么这就是一个很好的例子。

第二十三章

当罗伊和我到达黑马厩镇时,一辆不豪华但不廉价的轿车正等着他。司机给我留了一张便条,德里菲尔德太太邀请我第二天一起吃午饭。我上了一辆出租车,前往"熊和钥匙"酒吧。我从罗伊口中得知前面新开了一家海洋酒馆,但我不愿为了享受现代文明的奢华而放弃我青春时期的休闲地。一到车站,我就发现小镇已经焕然一新,车站不在原来的地方,而是在一条新路上。当然,坐在汽车里沿着商业街飞驰也很新奇。但"熊和钥匙"并没有变,一如既往地粗鲁而冷漠地接待了我。门口没有人,司机放下我的提包就开车走了。我呼唤服务员,没有人应答;走进酒吧,我看到一位头发乱蓬蓬的年轻女士正在读康普顿·麦肯齐[①](Compton Mackenzie)先生写的书。我问她能不能给我开个房间。她有点儿生气地看了我一眼,说应该有吧。但她对这事不屑一顾,我礼貌地问是否有人可以带

---

① 康普顿·麦肯齐(1883—1972),英国作家。

我看看。她站起来，打开一扇门，尖声喊道："凯蒂（Katie）。"

"干什么？"我听到一个声音传来。

"有位先生需要一个房间。"

过了一会儿，一个年老而神情憔悴的女人出来了。她穿着一件很脏的印花衣服，一头乱蓬蓬的灰发，带着我看了二楼的一间非常肮脏的小房间。

"还有好点的吗？"我问。

"生意人一般都住这个房间。"她哼了一声回答。

"还有其他的吗？"

"没有单间了。"

"那就双人间吧。"

"我要去问问布伦特福德（Brentford）太太。"

我和她一起到了一楼，她敲了敲门。听到"请进"后，她打开门时，我看见了一个矮胖的女人，灰白的头发被精心烫成了波浪形。她正在看书。显然，"熊和钥匙"酒吧的每个人都对文学感兴趣。当凯蒂说我对七号房间不满意时，她冷漠地看了我一眼。

"带他去看看五号房间吧。"她说。

我开始觉得我傲慢地拒绝德里菲尔德太太邀请我住在她家有点儿轻率，又过于感情用事，没有采纳罗伊让我住在海洋酒店的明智建议。凯蒂又带我上了楼，领我走进一间可以看到商业街的大房间。双人床占据了房间的大部分空间。窗户肯定有一个月没有打开过。

我说这个房间可以，然后问了关于晚饭的事。

"你想吃什么就吃什么，"凯蒂说，"我们什么都没有，但我会跑一圈给你弄来。"

我了解英国的饭店。我点了一份煎比目鱼和烤排骨，然后就去散步了。我走到海边，发现那儿建了一个游憩场，还有一排平房和别墅，我记得之前这是一片清风徐徐的草地。但是这些房子看起来很破旧且满是泥污，我猜即使过了这么多年，乔治勋爵想把黑马厩镇变成海滨胜地的梦想依旧没有实现。一位退役军人和两位老太太沿着破裂的柏油路走着。天气非常沉闷，寒风凛冽，海上飘来了细雨。

我走回小镇，来到了"熊和钥匙"酒吧与肯特公爵之间，尽管天气恶劣，但还有三五成群的人站在一起。他们的眼睛都是淡蓝色，高高的颧骨和他们的祖先一样红润。奇怪的是，有些穿蓝色上衣的水手耳朵上还戴着小金耳环——不仅年纪大的，十几岁的男孩也戴着小金耳环。我在街上漫步，原来的银行已经改头换面了，原来的文具店还是老样子，曾经我和偶遇的不知名的作家一起买纸和蜡，一起去拓印。街上有两三家电影院，花哨的海报突然给这条古板的街道蒙上了一层耽于享乐的气氛，就像一位可敬的老妇人喝多了一样。

房子里又冷又阴郁，我在一张六人用餐的大桌子上独自享用晚餐。邋遢的凯蒂为我服务。我问是否可以生个火。

"六月不生火，"她说，"从四月起，我们就不生火了。"

"我会额外付钱的。"我不满地说。

"六月不生火，十一月才生火。六月不生火。"

我吃完后就去酒吧点了一杯波尔图葡萄酒。

"好安静啊。"我对短发女招待说。

"是的，很安静。"她回答说。

"我本以为，星期五晚上这儿肯定有很多人。"

"嗯，大家都会这么想，不是吗？"

这时，一个面色红润的矮胖男人从后面走了进来，一头灰白的头发剪得很短。我猜这就是老板。

"你是布伦特福德先生吗？"我问他。

"是的，是我。"

"我认识你的父亲。你想来杯波尔图葡萄酒吗？"

我把我的名字告诉了他。在他童年时代，我的名字在黑马厩镇比任何人都出名，可是我看到他对我的名字没有任何印象，我感到有些难堪。不过，他还是同意让我给他倒一杯波尔

第二十三章

图葡萄酒。

"来这儿出差吗?"他问我,"我们偶尔会接待一些商业客户。我们总是乐意为他们竭尽全力。"

我告诉他我是来看望德里菲尔德的,让他猜猜我来此地的目的。

"我以前经常见到那位老人,"布伦特福德先生说,"他以前常常来这儿喝苦啤酒。注意,我并不是想说他喝得醉醺醺的,而是他常常坐在这儿聊天。哎呀,他一说就是好几个小时,跟谁都能聊得来。德里菲尔德太太一点儿都不喜欢他来这儿。他会溜出来,谁也不告诉,然后走到我们这儿来。你知道的,对于他那个年纪的人来说,这段路并不轻松。每次发现他不在了,德里菲尔德太太当然知道他在哪儿,之前她常常打电话过来问他是否在这里,然后就坐车过来找我的妻子。'你去把他叫来,布伦特福德太太,'她说,'我不想去酒吧,不想被这么多晃悠的男人包围着。'于是布伦特福德太太走进酒吧,并说:'德里菲尔德,你的太太坐车来找你了。你最好快点喝完啤酒,让她带你回家。'他过去常常要求布伦特福德太太在他太太打电话来的时候不要说他在这里,当然我们不能那样做。他年纪大了,我们不想承担这个责任。他出生在这个教区,他的第一任妻子是黑马厩镇的姑娘。她已经死了这么多年了。我从未见过她。他是个风趣的老家伙。你知道的,他一点儿架子都没有。他们告诉我,在伦敦,人们对他评价很高;他死后,报纸上全是关于他的报道。但如果你跟他说话,你永远看不出来他这么伟大。他就像你和我一样普通。当然,我们总是尽量让他感到舒服。我们尽量让他坐在舒适的扶手椅上,但是他并没有,而是必须坐在吧台前。他说他喜欢脚踩在横杆上的感觉。我觉得他在这儿比在其他任何地方更开心。他总说自己很喜欢酒吧。他说在那儿能看到生活,他说他一直热爱生活。他很有个性。他让我想起了我的父亲,不过我家老头子一生中从未读过一本书,每天喝一瓶法国白兰地,七十八岁时去世了,最后一次生病也是他第一次生病。德里菲尔德突然离世后,我还挺想他的。前几天我还跟布伦特福德太太说,我想找个时间读他的书。我听说他写了几本关于这儿的书。"

第二十四章

第二天早上，寒风刺骨，但没有下雨。我沿着商业街向牧师公馆走去。我记得这些商店的名称，那些流传了几个世纪的名字——甘恩家、坎普家、科布家、伊尔古登家——但没有碰到一个我认识的人。我感觉自己像个行走在街上的幽灵。在这里，我曾经几乎认识每一个人，即使不说话，至少也见过面。突然，一辆非常破旧的小车从我身边经过，在前面停下，倒了回来。一个又高又胖的老人下了车，向我走来。

"这不是威利·阿申登吗？"他问。

我认出了他。他是医生的儿子，我和他一起上过学，我们一起做了多年的同学。我知道他继承了他父亲的事业。

"嘿，你还好吗？"他问，"我刚到牧师公馆去看孙子。他现在已经上预备学校[①]了，这学期一开始我就让他去了。"

他衣衫褴褛，蓬头垢面，但很漂亮，我看出他年轻时一定

[①] 预备学校，英国为准备升入公学者而设的私立小学。

异乎寻常地美。可笑的是，我从来没有注意到。

"你都做爷爷了吗？"我问。

"都当了三次了。"他笑着说。

这让我大吃一惊。他来到世上，蹒跚学步，长大成人，结婚生子，现在他的孩子也接着养育下一代。我从他的神情可以看出，他一直过着贫困的生活，终日操劳。他有乡下医生特有的风度，直率、爽朗、油腔滑调。他的一生就要结束了。我有写书和写剧本的计划，已经规划好了自己的未来，觉得在今后的一段时间还有很多的活动和乐趣；然而，我想，在别人看来，我一定是像我眼中的医生儿子一样的老人了。我震惊不已，没有想到询问他的兄弟们——他们是我小时候的玩伴，算是我的老朋友。说了几句话之后，我就走了。我继续向牧师公馆走去。这里宽敞而杂乱，对于比我叔叔更认真履行职责的现任牧师来说，太偏远了，而且对于目前的生活费用来说，开销也太大了。房子坐落在一个大花园里，四周是田野。门前有一块方形的大布告牌，显示这是一所绅士子弟的预备学校，还写着校长的名字和学位。我往栅栏里望了望，花园又脏又乱，我过去常去钓石斑鱼的池塘也被填平了。土地已被变成建筑用地。那里有成排的小砖房，道路崎岖不平。欢乐巷有一排面朝大海的平房，收税关卡的老房子现在成了一家整洁的茶馆。

第二十四章

我四处漫步。街道似乎难以计数，两旁都是黄砖砌的小房子，但我不知道谁住在里面，因为周围一个人我都没看见。我走到港口，那里十分荒凉。只有一艘不定期的货船停在码头外面，两三个水手坐在一个仓库外面，我经过时他们盯着我看。煤炭贸易已经陷入极度低迷的状态，运煤船也不来黑马厩镇了。

我该去费恩宅第了，我回到"熊和钥匙"。房东告诉我，他有一辆戴姆勒汽车出租，我和他说好开这辆车去吃午饭。我回到客店时，车停在门口，是一辆布鲁姆式汽车，却是我见过的最古老、最破旧的一辆。它发出吱吱声、砰砰声、嘎嘎声，突然还会愤怒地抽搐，我很疑虑是否能到达目的地。令人惊奇的是，这辆车的非凡之处在于气味闻起来就像我叔叔以前每个星期天早上租着去教堂的那辆旧马车。这是一股马厩和车厢底部腐烂的稻草的恶臭味。我想不通，这么多年过去了，为什么汽车还有这样的气味。但没有什么能像香水或臭味一样让人想起过去。眼前的乡野景色都抛于脑后，我看到了曾经的自己，我还是个小男孩，坐在马车前座上，圣餐盘放在我旁边，在我的婶婶对面坐着，她身上散发着淡淡的亚麻布和古龙水的味道，穿着黑色丝绸斗篷，戴着一顶饰有羽毛的小帽子；我的叔叔穿着法衣，腰间系着一条宽宽的罗纹丝绸，脖子上的金项链上挂着一个金十字架，一直垂到肚子上。

"威利，你今天表现好点。坐在座位上不能转动身子，在座位上坐直。教堂是上帝待的地方，不是一个休闲的地方，你必须记住，别的小男孩可没你这样的条件，你得为他们树立榜样。"

当我到达费恩宅第时，德里菲尔德太太和罗伊正在花园里散步。我下车时，他们向我走来。

我和德里菲尔德太太握手。"我在给罗伊看我的花。"她说，然后，叹了口气，"我只有这些花了。"

她看上去并不显老，与六年前见她时一样。她穿着丧服，脖子和手腕都系着白绉纱。我注意到罗伊穿着整洁的蓝色西装，打着黑色领带：我想这是对杰出死者的一种尊重。

"我给你们看一下我的草本植物，"德里菲尔德太太说，"然后我们就去吃午饭。"

我们四处走走。罗伊很有见识，知道这些花的名字，拉丁名字从他的嘴里蹦出来，就像从卷烟机里冒出的香烟一样。他告诉德里菲尔德太太，她应该去哪里买一些她绝对要有的品种，还告诉她哪些品种特别漂亮。

"我们去爱德华的书房看看怎么样？"德里菲尔德太太提议说，"我把书房保持得跟他在的时候完全一样。我没有动过一件东西。你肯定想象不到有多少人来过这间书房，当然他们

第二十四章

最想看的是他以前工作的房间。"

我们穿过一扇开着的落地窗走进去。桌子上放着一碗玫瑰,扶手椅旁的小圆桌上放着一份《旁观者》[1]（*Spectator*）。烟灰缸里有主人的烟斗,墨水瓶里有墨水。场景布置得很完美。我不知道为什么房间里显得那么怪异,一副死气沉沉的样子。它已经有了博物馆的霉味。德里菲尔德太太走到书架前,带着半开玩笑半忧伤的微笑,飞快地用手摸了摸那六本用蓝色封皮装订的书的背面。

"你知道吗,爱德华特别敬佩你的作品,"德里菲尔德太太说,"他经常重读你的作品。"

"我很荣幸。"我礼貌地说。

我很清楚,上次来的时候书架上并没有我的书,于是我随意拿出一本,在上面摸了摸,竟然一尘不染。然后我又拿了一本书,是夏洛蒂·勃朗特[2]（Charlotte Bronte）写的一本书,我一边假装正经地聊着,一边在上面摸了摸,看看上面有没有灰尘。这本书上面也没有灰尘。我只了解德里菲尔德太太是个出色的主妇,有一个尽职尽责的女仆。

午餐是丰盛的英式大餐,有烤牛肉、约克郡布丁等。我们

---

[1]《旁观者》,英国周刊。
[2] 夏洛蒂·勃朗特（1816—1855）,英国女作家。

谈到了罗伊准备写的那本书。

"我想尽量减少罗伊的工作量，"德里菲尔德太太说，"我一直在收集尽可能多的材料。当然，这很困难，但也很有趣。我偶然发现了许多旧照片，必须给你们看看。"

午饭后，我们走进客厅。我再次注意到德里菲尔德太太把房间布置得多么精巧。这间房的氛围更适合一位杰出文学家的遗孀，而不是一位妻子，那些印花布、一盆盆干花、德累斯顿的瓷器，都有一种淡淡的忧郁，似乎在沉思过去的辉煌。今天如此寒冷，我真希望壁炉里有一堆火，可是英国人是坚强而保守的；英国人很容易为了维护自己的原则而让别人感到不舒服。我有点儿怀疑德里菲尔德太太不会在十月一日之前生火。她问我最近有没有见过带我和德里菲尔德夫妇一起吃午餐的那位夫人。我从她隐约有点儿苦涩的语气中推测，自从她显赫的丈夫去世后，那位大人物和上流社会不再关注她。我们准备坐下来谈谈逝者，罗伊和德里菲尔德太太就开始巧妙地问我一些问题，而我则聚精会神，以免在不经意间把我打定主意不让别人知道的事情说了出来。突然，穿着整洁的女仆端来一个小碟子，上面放着两张小卡片。

"夫人，门口有两位绅士，这是他们的名片。他们问能否参观一下房子和花园。"

第二十四章

"真烦人!"德里菲尔德太太惊喜地大声说,"我刚才还说那些想看房子的人,是不是很有趣?我从来没有片刻安宁。"

"好吧,为什么不说你很抱歉不能接待他们呢?"罗伊说。我觉得他的语气有点儿尖酸刻薄了。

"噢,我不能那样做。爱德华不会喜欢我这么做的!"她看了看卡片,"我没戴眼镜。"

她把两张名片递给我,其中一张是"亨利·比尔德·麦克杜格尔(Henry Beard MacDougal),弗吉尼亚大学";用铅笔写着"英国文学助理教授"。另一张是"让-保罗·昂德比尔(Jean-Paul Underbill)",底部写着纽约的地址。

"美国人,"德里菲尔德太太说,"去告诉他们,我很乐意他们进来。"

不一会儿,女仆把陌生人带了进来。他们是身材高大、肩膀宽阔的年轻人,脸刮得干干净净、黑黝黝的,眼睛炯炯有神;他们都戴着角质架眼镜,浓密的黑发从前额直梳到脑后,两人都穿着英国西装,显然是崭新的。他们都有点儿尴尬,说话唠叨,但彬彬有礼。他们解释说他们正在英国进行一次文学之旅,正准备去莱伊(Rye)、亨利·詹姆斯的家,作为爱德华·德里菲尔德的崇拜者,希望能获准参观这个被奉为神圣的地方。提到莱伊,德里菲尔德太太很不高兴。

"我相信他们的确有一些联系。"她说。

她把这两个美国人引荐给我和罗伊认识。我很钦佩罗伊应付这种情况的方式。他似乎曾在弗吉尼亚大学讲学,并与该校文学系一位杰出的教授一起住过一段时间。这是一次难忘的经历。他不知道给他留下深刻印象的是热情的弗吉尼亚人对他的盛情款待,还是他们对艺术和文学的浓厚兴趣。他问某某近来如何,某某现在又怎么样了;他在那里交了一些一辈子的朋友,好像他遇到的每个人都很优秀、善良、聪明。不一会儿,那位年轻的教授告诉罗伊他是多么喜欢他的书,罗伊也谦虚地告诉他,关于这两本书,他的写作意图是什么,以及他意识到自己离自己的意图还相差甚远。德里菲尔德太太面带微笑,但我觉得她的微笑变得有点儿牵强了。罗伊可能也感受到了,因为他突然打住了。

"你们不想听我的一些废话吧,会叨扰你们吧,"他大声而诚恳地说,"我来这里只是因为德里菲尔德太太十分看得起我,委托我写爱德华·德里菲尔德的传记。"

当然,这句话引起了来访者的兴趣。

"工作量可不少呢,相信我,"罗伊对美国人开玩笑说,"幸运的是,我得到了德里菲尔德太太的帮助。她不仅是一位完美的妻子,还是一位令人钦佩的文学助理和秘书;她提供给

第二十四章

我的资料极其丰富。她的勤奋和热情让我几乎没有什么可做的了。"

德里菲尔德太太假装端庄地低头看着地毯,两位年轻的美国人瞪着大大的眼睛看着她,他们的眼中流露出同情、兴趣和尊敬。然后又谈了一会儿——谈到了文学,也谈到了高尔夫,因为来访者想在莱伊打一两场高尔夫球。罗伊立刻做出了回应,告诉他们要注意这样或那样的沙坑;希望他们去伦敦后,能在桑宁代尔和他一起打一场。这之后,德里菲尔德太太站了起来,主动提出带他们看看爱德华的书房和卧室,当然还有花园。罗伊站起身来,显然是想陪着他们。德里菲尔德太太对他微微一笑,既愉快又坚定。

"你不必费心了,罗伊,"她说,"我会带他们闲逛。你就坐在这儿和阿申登先生聊天。"

"噢,好吧。当然可以。"

那两位陌生人和我们道别后,罗伊和我一起坐在了扶手椅上。

"这是一个不错的房间。"罗伊说。

"非常不错。"

"艾米费了不少劲才把房子收拾成这样。你知道吧,老头儿在他们俩结婚前两三年买下了这栋房子。她想让他卖掉,但是他不肯。他有时候有些固执。你知道的，这栋房子属于沃尔夫小姐的家产，德里菲尔德的父亲在这儿当过管家。他说，他还是个小孩的时候，唯一的想法就是自己能拥有这栋房子，他得到了，就要留着。人们会认为他最不甘心的就是生活在每个人都知道他的出身和一切的地方。有一次，可怜的艾米差点儿谈妥一个女佣，后来才发现她原来是爱德华的侄孙女。艾米来的时候，这所房子从阁楼到地下室都是按照托特纳姆宫街的风格布置的。你知道那种风格，土耳其地毯和红木餐具柜，客厅里的家具铺着长毛绒，上面还有现代的镶花工艺。这是德里菲尔德心中的绅士房子该有的风格。艾米说简直太可怕了。他不让她改变任何东西的布局，因此艾米小心翼翼。艾米说她自己无法在这样的房子里生活，决心改造一下，一点一点悄悄地更换屋里的东西，而德里菲尔德并没有发现。她告诉我最难处理的就是他的书桌。我不知道你是否注意到了现在他书房里的那张书桌。那是一件上乘的古式家具，我也想要一张。好吧，他之前用的是一张不堪的美式拉盖书桌。那张书桌他用了很多年，创作了十几本作品，他不肯丢掉，但并不是因为对那张桌子有了深厚的感情；他只是用那张书桌用习惯了，因为用了这么多年。你必须让艾米亲口告诉你最后是如何换掉的。太妙了。你知道，她是个了不起的女人，一般都能按照自己的意愿办。"

"我看到了那张书桌。"我说。

当罗伊表现出想要和拜访者一起参观这栋房子时，德里菲尔德太太立刻就打消了罗伊的念头。他匆匆看了我一眼，笑了起来。罗伊可不笨。

"你没我那么了解美国，"他说，"美国人总是认为好死不如赖活着。这就是我喜欢美国的原因之一。"

第二十五章

德里菲尔德太太送走了拜访者,回来时腋下夹着一个文件夹。

"多么出色的年轻人啊!"她说,"我希望英国的年轻人也能对文学有这么浓厚的兴趣。我给了他们一张爱德华的照片,他们要了一张我的照片,我给他们签了名。"然后语气变得非常和蔼,她说:"你给他们留下了很好的印象,罗伊。他们说很荣幸能见到你。"

"我之前在美国做了很多次讲座。"罗伊谦虚地说。

"噢,但他们看过你的书。他们说喜欢你的作品,因为你的作品里充满了男子汉气概。"

文件夹里有许多老照片,在一群学生中,要不是德里菲尔德太太指出来,我根本认不出其中头发凌乱的淘气鬼是德里菲尔德。还有一张十五人的橄榄球队照片,这张照片中德里菲尔德的年龄大一些,然后是一张穿着运动衫和双排纽扣上衣的年轻水手照片，那是德里菲尔德离家出走去做水手时的照片。

"这张照片是他第一次结婚时拍的。"德里菲尔德太太说。

德里菲尔德留着胡子，穿着黑白相间的格子裤；纽扣孔里插着一朵巨大的衬着孔雀草的白玫瑰。他旁边的桌子上放着一顶高顶礼帽。

"这张是新娘。"德里菲尔德太太说，尽力忍住不笑。

四十年前的乡村摄影师竟把罗茜拍成了这副怪样子，真令人惋惜。她手里拿着一大束鲜花，笔直地站着，背景是富丽堂皇的大厅；她的衣服垂着精致的褶裥，腰身紧绷，还穿了一件裙撑。她的刘海一直垂到眼睛。她高高的头发上戴着一个橘黄色的花环，头上披着一条长长的面纱。只有我知道她实际有多美。

"她看起来太普通了吧。"罗伊说。

"是的。"德里菲尔德太太小声说。

我们看了更多的照片，有他刚为人所知时拍的照片，有留胡子时的照片，还有后来把胡子刮得干干净净的照片。从这些照片中发现，他越来越瘦，皱纹越来越多。他早期照片中的顽固、平庸逐渐融入了疲倦的优雅；还能看到他的经验、思维和实现的抱负所带来的变化。我又看了看他做水手时的照片，我觉得在照片上看到了一丝冷漠的痕迹，这种冷漠在他晚年时更加明显，而且多年前我就在这个人身上隐约感觉到了。我们所看到的那张脸是一张面具，他的行为毫无意义。在我的印象中，真正的爱德华是一个幽灵，到死都不为人知，孤独地徘徊在作家和生活中的他之间，默默地走着一条看不见的路，脸上带着讽刺的意味，对着这两个被世人当作爱德华·德里菲尔德的木偶微笑。我意识到，我并没有把他描绘成活生生的人——脚踏实地、血肉丰满，拥有能让人理解的动机和合乎逻辑的行动；我也没有试着去这样写，我很乐意留给阿尔罗伊·基尔写。

我偶然看到了演员哈里·雷特福德为罗茜拍摄的照片，然后又看到了莱昂内尔·希利尔为她画的那幅画像。我心里泛起了一阵阵酸楚。这就是我记忆中她的样子。尽管她穿着一件老式的女裙服，但充满活力。她似乎准备让自己接受爱情的洗礼。

"她给人的感觉像个壮硕的少妇。"罗伊说。

"是的，像个挤奶女工，"德里菲尔德太太说，"我一直觉得她看起来像个白皮肤的黑鬼。"

巴顿·特拉福德太太一直喜欢这样称呼她，罗茜的厚嘴唇和宽鼻梁的确让这些令人讨厌的评价好像有理有据似的。但是他们不知道她的金发和银白色闪闪发光的肌肤，也不知道她妩媚的微笑。

"她一点儿都不像白皮肤的黑鬼,"我说,"她像黎明一样纯洁。她就像赫柏①(Hebe)一样,犹如一朵白玫瑰。"

德里菲尔德太太笑了,和罗伊意味深长地对视了一眼。

"巴顿·特拉福德太太给我讲了很多关于她的事。我没有恶意,但恐怕她不是一个很好的女人。"

"那你就错了,"我回复说,"她是位非常善良的女性。我还从没有见过她发脾气。你只要说你想要什么,她就会满足你。我从没听她说过任何人的坏话。她非常善良。"

"她特别邋遢。她的房子总是一团糟:满是灰尘的椅子,没人想坐,角落里你都不敢看。她的人也是这样。她的裙子没穿整齐过,大约两英寸的衬裙垂在一边。"

"她不在乎那些事。但她的美并没有因此而减少。她既漂亮又善良。"

罗伊忍不住笑了。德里菲尔德太太用手捂着嘴巴,掩盖自己的笑。

"噢,好了,阿申登先生,你说得太夸张了。毕竟,我们还是面对事实吧,她是个花痴。"

"我认为这是一个非常愚蠢的词。"我说。

"好吧。总之,她那样对待可爱的爱德华,就不会是个好

---

① 赫柏,古希腊神话中的青春女神。

第二十五章

人。当然,这是因祸得福。如果不是她从爱德华身边跑了,他可能一辈子都得背负着这个负担,有了这样的障碍,他永远也不可能达到现在的地位。但是众所周知,她对爱德华极其不忠。据我所知,她非常淫乱。"

"你不理解,"我说,"她坦率、单纯。她的天性健康而天真。她喜欢让别人开心。她渴望爱。"

"你能将这称为爱吗?"

"好吧,或者可以称为爱的行为。她天性多情。她喜欢上一个人时,和对方同床共枕是很自然的事。她不会过多犹豫。这不是罪恶,也不是好色,这是她的天性。她奉献自己,就像太阳散发热量、花朵散发芬芳一样自然。这对她来说是一种乐趣,她喜欢给别人带来快乐。这对她的品格没有影响,她依旧那么真诚、质朴、天真。"

德里菲尔德太太好像喝了一瓶蓖麻油,正在尽力吮吸柠檬以去掉嘴里的味道。

"我不理解,"她说,"但我必须承认,我不明白爱德华看上她什么了。"

"他知道她和各种各样的人鬼混吗?"罗伊问。

"我敢肯定他不知道。"她迅速回复说。

"我觉得他没你想的那么傻,德里菲尔德太太。"我说。

"那么，他为什么要忍受呢？"

"我觉得我能告诉你理由。你知道的，她不是一个能激发爱情的女人，她带来的是一种好感。嫉妒她是荒谬的。她就像林间空地上的一个清澈的深潭，跳进去犹如天堂一般，即使有一个流浪汉、一个吉卜赛人、一个猎场看守人在你之前跳进去，它依旧那么凉爽和清澈。"

罗伊又笑了，德里菲尔德太太毫不掩饰地微微一笑。

"听你这么抒情真好笑。"罗伊说。

我强忍着自己的叹息。我注意到，当我严肃的时候，人们往往会嘲笑我。事实上，过了一段时间，我回看自己写的发自内心的一段话时，也忍不住要嘲笑自己。一定是因为真诚的情感本身就存在一些可笑的点，尽管我也不知道为什么会这样，若非因为人不过是这个星球上微不足道的短暂的生命，他所有的痛苦和努力不过是永恒心灵中的一个玩笑罢了。

我看到德里菲尔德太太好像有话要说。她有些尴尬。

"你觉得如果罗茜回来了，爱德华还会要他吗？"

"你比我更了解他。我觉得不会。我想，当他对一段感情感到疲惫之后，他对引起这段感情的人就不会再感兴趣了。我觉得，他是一个有强烈感情和极端冷漠的特殊矛盾体。"

"我无法理解你为什么这么说，"罗伊大叫，"他是我见过

第二十五章

的最和善的人。"

德里菲尔德太太冷静地看着我,然后垂下了眼睛。

"我想知道她去美国后发生了什么。"他问。

"我觉得她和坎普结婚了,"德里菲尔德太太说,"我听说他们改了名字。当然,他们不会再在这儿露面。"

"她什么时候死的?"

"噢,大约十年前。"

"你怎么知道的?"我问。

"从坎普的儿子哈罗德·坎普(Harold Kemp)那儿听说的,他在梅德斯通做生意。我从未告知爱德华。对他来说,罗茜已经去世很多年了,我觉得没有理由让他想起过去。设身处地为别人着想总是会有帮助的。我自问,如果我是他,我就不想让人提起我年轻时的不幸遭遇。你觉得我做的对吗?"

第二十六章

　　德里菲尔德太太非常好心地提出用她的车送我回黑马厩镇，但我宁愿步行。我答应第二天去费恩宅第吃饭，并答应把当初我经常去见爱德华·德里菲尔德的两段时间中我记得的事情写下来。我沿着蜿蜒道路行走，一路上没有遇到一个人，心里想着明天该说些什么。我们不是经常听说文体就是删减的艺术吗？如若果真如此，我一定可以把我讲的写成一篇不错的文章，而罗伊只把它们当作素材，那就有点儿可惜了。我想如果我愿意，我可以讲出让他们震惊的事情，想到这里我不禁咯咯地笑起来了。有一个人可以告诉他们所有他们想知道的关于爱德华·德里菲尔德和他的第一次婚姻的事情，但这个事我打算保密。他们以为罗茜死了，他们错了。罗茜依然健在。

　　有一次，用我的剧本改编的剧将要在纽约上演，经纪人的新闻代表积极地向所有人宣传了我的到来。有一天，我收到了一封信，我熟悉信的字体，但不知道是谁写的。字体又大又圆，线条刚硬，但看起来作者像没怎么上过学。字体那么眼熟，但我想不起是谁的，我感到很恼火。最明智的做法是马上打开信，但我看着信封，绞尽脑汁。有些信的字我看了有点儿惊愕，还有一些信看起来太无聊了，放一周我都不想打开。当我终于撕开信封时，我看到的内容给了我一种奇怪的感觉。信的开头很唐突：

我刚得知你在纽约，我想再见见你。我现在没有生活在纽约，而是在扬克斯。扬克斯离纽约很近，如果你有车，半小时内就能抵达。我想你肯定非常忙，那就你定见面的时间。虽然我们已经阔别多年，我希望你没有忘记老朋友。

罗茜·伊尔古登（原德里菲尔德）

我看了下地址，是阿尔比马尔，这显然是酒店或公寓的名字，然后是条街道，最后是扬克斯。我打了一个寒战，好像有人走过我的坟墓。在过去的这些年里，我有时会想起罗茜，但最近我心想，她肯定死了。对于她的名字，我感到了一丝困惑。为什么是"伊尔古登"而不是"坎普"？后来，我突然想到，这应该是他们逃离英国后取的假名，这也是肯特郡的名字。我最初的想法是找个借口不去看她，因为我总是害怕见到很久没见的人，但那时又感到很好奇。我想去看看她怎么样了，想听她说说发生了些什么事。我正打算去多布斯费里过周

第二十六章

末,肯定会经过扬克斯,因此我回复她说,我将在下个星期六大约四点到扬克斯。

阿尔比马尔是一栋较新的大型公寓大楼,那里的居民好像生活比较富裕。门房穿制服的黑人拨通电话告知主人我的名字,我被带进了电梯。我感到特别紧张。开门的是一个黑人女仆。

"快进来吧,"她说,"伊尔古登太太正等着你呢。"

我被带进了客厅,这也是一个用餐的房间。客厅的一端有一张重工雕刻的橡木方桌、一个酒柜和四把椅子,大急流城的制造商肯定会把它们称为詹姆士一世时代的椅子。但另一端有一套路易十五时代的镀金家具,用淡蓝色锦缎装饰;许多雕刻精美、镀金的小桌子上面放着镀金的塞弗尔花瓶和裸体青铜女像,女像的饰巾像被呼啸的大风吹起一般,巧妙地掩盖了她们身体中需要体面的部分;每尊女像手臂的末端放着一盏电灯。留声机是我在商店橱窗里见过的最豪华的东西,全是镀金的,形状像一顶轿子,上面画着华托风格的朝臣和他们的夫人们。

大约五分钟后,门打开了,罗茜轻快地走了进来,朝我伸出双手。

"真是太惊喜了,我都不愿想我们有多久没见面了。请稍等一下。"她走到门口,"杰西,你可以端茶进来了。要把水烧开呀。"然后,被称为杰西的女仆进来了,"你绝对不会相信我教这姑娘泡茶有多难。"

罗茜至少七十岁了。她穿着一件很时髦的绿色雪纺无袖连衣裙,上面镶着钻石,方形领口,裙摆有些短,像一只紧绷的手套。从她的身形可以看出,她穿了紧身胸衣。她的指甲是血红色的,眉毛是修过的。她身材矮胖,双下巴,胸口的皮肤虽然随意地涂了粉却还是红红的,脸也是红的。她看起来很健康,并且充满活力。她的头发还有很多,电烫过的短发已经变白了。年轻时,她有一头细软的自然卷发,但现在板正的电烫卷发好像她刚从理发店出来,这似乎是她最大的变化。唯一不变的就是她的笑容,她还是原来孩子气般顽皮的甜美微笑。她的牙齿从来都不是很好,不整齐,形状也不好,但现在她装着一套整齐、雪白的假牙。显然这套假牙价格并不便宜。

黑人女仆端来了精心制作的茶点,有三明治、饼干、糖果,还有小刀叉和小餐巾纸,摆放得非常整齐。

"喝下午茶是我无法放弃的习惯,"罗茜自顾自地吃了一个热黄油烤饼,"说实话,这是我最好的一顿饭,虽然我知道自己不该吃。我的医生一直告诫我:'伊尔古登,如果你在喝茶时吃六块饼干,就别指望减体重了。'"她对我笑了笑,我突然意识到,尽管罗茜烫了头发,身上涂着脂粉,还长胖了,但

第二十六章

她还是和以前一样。"但我说,享受自己喜欢的事,也不错。"

一会儿,我们就聊起来了,我们好像只有几个星期没见。

"收到我的信感到惊奇吗?我附上德里菲尔德,好让你知道是谁寄的信。我们来到美国,就把姓改为伊尔古登。乔治离开黑马厩镇后发生了一些不愉快,也许你听说过。他觉得在一个新的地方生活,最好用一个新的姓名开始,你应该理解我的意思吧。"

我轻轻地点了点头。

"可怜的乔治,他十年前就去世了。"

"我很难过听到这件事。"

"噢,哎,他上了年纪。去世的时候已经七十岁了,单凭他的外表,你绝对看不出来他的岁数。他的去世对我打击很大。他对我极好,没有比他更好的丈夫了。从我们结婚到他去世,他从来没有说过一句粗鲁的话。值得欣慰的是,他留给我的财产够我好好地生活了。"

"听到这些,我也很高兴。"

"是的,他在这方面做得不错。他从事建筑贸易,一直喜欢这一行。他和坦慕尼协会有来往。他总说他犯过的最大错误是二十年前没有来这里。他第一天来到这里就喜欢上了这个国家。他有很多需要做的,这儿需要他施展才华。他就是那种能够适应这种环境的人。"

"你们回过英国吗?"

"没有,我不想回去。乔治过去常常说起要回去旅行,但我们从未做过准备。现在他已经去世了,我更没有这种想法了。在纽约待过一段时间后,我感觉伦敦有些死气沉沉,而且还会感到伤感。我们过去一直住在纽约。在他死后,我才来扬克斯。"

"你为什么想来扬克斯呢?"

"嗯,我一直喜欢这里。我过去常跟乔治说,我们退休后就去扬克斯生活。我觉得这儿有点像英国的梅德斯通或者吉尔福德。"

我笑了,但我理解她的意思。尽管扬克斯有电车、嘟嘟作响的汽车、电影院和广告灯,但这里蜿蜒的主街让这里看起来像爵士化了的英国小镇。

"当然,我有时也想知道黑马厩镇上的熟人怎么样了。我猜大部分人已经去世了,他们也认为我已经去世了。"

"我已经三十年没回去了。"

我不知道那时罗茜去世的谣言已经在黑马厩镇传开了,想必有人在传达乔治·坎普去世的消息时误传成罗茜去世了。

"我猜这儿没人知道你是爱德华·德里菲尔德的第一任妻

子吧?"

"噢,没人知道。哎呀,如果他们知道,记者会像一群蜜蜂一样在我的公寓里嗡嗡作响。你知道,我在某个地方玩桥牌时,听到他们谈论爱德华的书,有时就忍不住笑了。在美国,他们特别喜欢爱德华。我从来没觉得他的书那么出色。"

"你一直都不喜欢看小说,是吧?"

"以前我更喜欢历史,但我现在没那么多时间阅读了。星期天是我最喜欢的。我觉得这里星期天的报纸很好看。在英国看不到这样的报纸。当然,我还会玩桥牌,特别喜欢玩定约桥牌。"

我记得,罗茜第一次玩惠斯特牌时的超常技术给我留下了深刻的印象。我知道她手速快、大胆、出牌准确;她是一个好的桥牌搭档,也是一个危险的对手。

"要是看到爱德华死后乱哄哄的景象,你一定会很惊叹的。我知道人们很尊敬他,但不知道他已成为这样的大人物。报纸上都是关于他的报道,刊登了他的照片和费恩宅第;他之前总说将来有一天,他会住进这所房子。他为什么和那位护士结婚了?我一直以为他会和巴顿·特拉福德太太结婚。他们一直没有孩子吧?"

"没有。"

"爱德华想要孩子。我生了一个孩子后就再也不能生了，这对他来说是一个巨大的打击。"

"我不知道你还生过孩子。"我吃惊地说。

"噢，是的。那就是爱德华和我结婚的原因。我生产时遇到了一些困难，医生说我无法怀孕了。如果她还活着，可怜的小家伙，我想我就不会和乔治私奔了。她死的时候已经六岁了。她是个可爱的小家伙，像画上的一样美。"

"你从未提到过她。"

"没有，提起她我就难受。她得了脑膜炎，我们把她送去医院。她被安排在一个单人间，我们陪护在她身边。我无法忘记她的痛苦，她疼得一直哭，我们什么也做不了。"

罗茜哽咽了。

"这是德里菲尔德在《生命之杯》中描述的场景吗？"

"是的。我一直觉得爱德华有些不同寻常。他跟我一样都无法提起这件事，但是他竟然把这件事都写了下来，还把整个过程都写下来了；甚至我那时没有注意到的细节他也写了下来，看了后我才想起来。你会觉得他是个冷血无情的人，但他并不是，他和我一样心里十分难过。以前，我们晚上回家时，他会哭得像个孩子似的。他真是个怪异的家伙，是不是？"

《生命之杯》引起了人们激烈的争论，特别是描述孩子的

第二十六章

死和随后的情节,让德里菲尔德受到了恶毒的谩骂。我还清楚地记得其中的描述,场面太悲惨了,但没有让人悲伤的成分,不会让读者流泪,反而会让读者感到愤怒,因为这样的苦难竟发生在一个小孩子身上。你会认为上帝在最后审判日一定会解释这些事情。这段文字描写得生动有力。但是如果这个事件源于生活,接下来描述的事件也是来源于生活吗?正是这种真实的描述震惊了九十年代的公众,评论家谴责他的描述伤风败俗且不可信。在《生命之杯》中,孩子死后,丈夫和妻子(我现在已经忘记了他们的名字)从医院回来——他们贫困潦倒,勉强糊口——喝了下午茶。那时已经很晚了,大约7点。一个星期无休止的焦虑让他们筋疲力尽,悲伤也摧垮了他们。他们彼此没有什么可说的,痛苦而沉默地坐着。几个小时过去了,突然,妻子站了起来,走进卧室,戴上了帽子。

"我要出去走走。"她说。

"好。"

他们住在维多利亚车站附近。她沿着白金汉宫路穿过了公园,来到皮卡迪利大街,慢悠悠地走到了圆形广场。有个男人和她对视了一眼,停下并转过身来。

"晚上好。"他说。

"晚上好。"

她停下笑了笑。

"你想进来喝一杯吗?"

"也好。"

他们走进皮卡迪利大街一条胡同里的一家小酒馆——这里聚集着妓女和前来勾搭她们的男人。他们每人要了一杯啤酒。她与这位陌生人有说有笑,对他编了个荒唐的故事。过了一会儿,他问她是否可以和她一起回家。不行,她说,她不能那样做,但他们可以去旅馆。他们上了一辆马车,到了布鲁姆斯伯里,在那里开了一间房。第二天,她坐公共马车到特拉法加广场,然后步行穿过花园。当她到家时,她丈夫正在吃早餐。吃完早餐后,他们回到医院办理孩子的葬礼。

"罗茜,你能告诉我一件事吗?"我问,"孩子死后书里描写的事情——也是真的吗?"

她疑惑地看了我一会儿。这时,她的嘴角绽放出了依然美丽的笑容。

"哎呀,那都是许多年前的事情了,说了也不要紧。我不介意告诉你。他写的并不全是真实的。要知道,这只是他的猜测。不过我很惊讶他能猜到这么多,那天晚上的事情我什么都没告诉他。"

罗茜拿起一支香烟,若有所思地把香烟的一头在桌子上敲

第二十六章

了敲,但她并没有点燃。

"正如他所描述的那样,我们从医院步行回来的,因为我受不了坐在车里一动不动,我的心都快死了。我哭得很厉害,再也哭不出来了,我也累了。爱德华试图安慰我,但我说'看在上帝的分上,闭嘴'。之后他再也没说话了。那时我们在沃克斯豪尔桥路租了房子,在二楼,只有一间客厅和一间卧室,所以不得不把可怜的小家伙送到医院,我们无法在住所照顾她,并且,房东太太也不同意。爱德华说她在医院会得到更好的照顾。房东太太并不坏,以前做过妓女,爱德华过去常常和她一起畅谈几小时。那天听到我们回来了,她就上楼来问。

"'小女孩今晚怎么样了?'她问。

"'她死了。'爱德华说。

"我没说一句话。然后她把茶点端了出来。我什么都不想吃,但爱德华让我吃一点火腿。后来我坐在窗户旁边。女房东走过来收拾的时候,我没有回头,我不想跟任何人说话。爱德华正在看书,他是在假装看书,他一页都没有翻,我看到他的眼泪掉在书上。我一直望着窗外。那是六月底,二十八日,白天十分漫长。酒吧就在我们住的街角附近,我看着人们进进出出,有轨电车来来往往。我以为这一天永远不会结束,可是我突然注意到已经是晚上了。所有的灯都亮了,街上人来人往。

我感到很累，我的腿好像灌了铅似的。

"'你为什么不点灯？'我问爱德华。

"'你想要点灯吗？'他说。

"'坐在黑漆漆的房间里干吗？'我说。

"他点了灯，开始抽烟斗。我知道抽烟会让他好受一点。但我一直坐着，望着街景。我不知道我怎么了。我觉得我继续坐在屋子里会发疯的。我想去灯火通明并且有人的地方。我想摆脱爱德华。不，我想远离爱德华的想法和感觉并没有那么强烈。我们只有两间房。我回到卧室。孩子的小床还在，但我不愿看到。我戴上帽子和面纱，换了衣服，然后走到爱德华身边。

"'我想出去走走。'我说。

"爱德华看着我。他注意到了我穿上了新裙子，也许我说话的方式让他看出我并不想跟他一起。

"'好。'他说。

"在书中，他描述我穿过花园，但事实上，我并没有。我走到维多利亚车站，坐了一辆双座马车前往查令十字。只要一先令。然后我顺着河滨走。出门前，我就想好了要做什么。你还记得哈里·雷特福德吗？那时他正在阿德尔菲剧场演出，他扮演喜剧演员男二号。我走到后门，报上了我的名字。我一直

第二十六章

都喜欢哈里·雷特福德。我觉得他有一点儿肆无忌惮,在金钱方面喜欢耍花招,但可以让你开怀大笑,尽管有一些缺点,但他是个难得的好人。他在布尔战争中被打死了,你知道吗?"

"我不知道。我只知道他消失了,再也没有在演出海报上看到过他的名字。我想他可能经商了或去做其他事情了。"

"没有,战争刚开始他就去了。他在莱迪史密斯战死了。那天我等了他一会儿,他就下台了。我说:'哈里,今晚我们一起狂欢吧。在罗马纳蒂餐厅吃晚饭怎么样?''好呀,'他说,'你在这里等着,演出结束后,我卸完妆就下来。'我见到他心里舒服点了。他扮演的是出售赛马情报的人,看着他穿着格子布西装,戴着圆顶礼帽,露出红鼻子,我就笑了。我一直等到演出结束,他下台后,我们就步行前往罗马纳蒂餐厅。

"'你饿了吗?'他对我说。

"'饿极了。'我说。的确我饿了。

"'那我们吃顿大餐吧,'他说,'管它花多少。我告诉比尔·泰里斯(Bill Terris)我要带着最要好的女孩去吃晚餐,向他借了几英镑。'

"'我们喝杯香槟吧。'我说。

"'香槟万岁!'他说。

"我不知道你之前是否去过罗马纳蒂餐厅。那家餐厅很不错。在那里常常能看到戏剧演员和赛马的人,欢乐合唱团的女孩过去也经常去那里。那儿的确是个好去处。还有一位罗马老板。哈里认识他,他走到我们桌边,说一口滑稽蹩脚的英语。我觉得他是装的,为了让大家开怀大笑。如果他认识的顾客身上没钱了,总是会慷慨地借给他五英镑。

"'孩子怎么样了?'哈里问。

"'好些了。'我说。

"我并不想告诉他真相。你知道男人们有多怪异,他们对有些事并不理解。我知道,如果哈里得知可怜的孩子死了,躺在医院里,我竟出来和他一起吃晚饭,他会感到后背发凉,还会说他感到非常难过之类的话,这不是我想要的。我只想开心地笑。"

罗茜点燃了一直拿在手里摆弄的香烟。

"你知道一个女人怀孕时,有时丈夫会忍受不了,出去找别的女人。然后当她发现后,可笑的是她总会发现的,她就会没完没了地发牢骚说当她经历痛苦时,她的丈夫居然去干那件事。哎,做得太过分了。我总是告诉她别傻了。这并不意味着他不爱她,也不能证明他并没有担忧你,这并不意味着什么,只是神经紧张。如果他不是那么心烦意乱,他是不会想到做这件事的。我知道,因为我当时的感受就是那样。

第二十六章

"我们吃完晚饭后,哈里说。'嗯,怎么样?'

"'什么怎么样?'我说。

"那时候还没有流行跳舞,我们也不知道去哪儿。

"'到我的公寓看看我的相册怎么样?'哈里说。

"'也行。'我说。

"他在查令十字路上有一间小公寓,只有两个房间,一间卫生间和一间厨房。我们坐马车去了那儿。我在那儿待了一夜。

"我第二天早上回去时,早餐已经准备好了,放在桌上了,爱德华已经开始吃了。我下定决心,如果他说些什么,我就对他发火。我并不在乎发生了什么。之前我自力更生,现在也可以养活自己。我甚至想打包行李,把他一人丢在这儿不管。但是我进来时,他只是抬头看了我一眼。

"'你回来的时间刚好,'他说,'我正打算把你的香肠也吃了。'

"我坐了下来,给他倒了一杯茶。他继续看报。我们吃完早餐后,就去了医院。他没问我去了哪儿。我不知道他在想些什么。他一直对我很和蔼。我很痛苦,你知道的。不知为何,我觉得我就是无法忘掉这件事,而他尽力让我能好受些。"

"你看了他的书后是怎么想的?"我问。

"哎,他清楚地了解那天晚上发生了什么事,让我感到有些惊讶。让我吃惊的是他都写了下来。我以为这是他最不可能写进书里的。你们作家真是奇怪。"

那一刻，电话响了。罗茜拿起听筒接通了电话。

"瓦努齐（Vanuzzi）先生，接到你的电话我真是太开心了！噢，我很好，谢谢你。哎呀，如你所愿，健康又美丽。当你到了我这个年纪时，你就能欣然接受所有的恭维话了。"

她开始和那个人聊了起来，语气里带点轻浮调情的意味。我没有刻意去听他们的对话，通话时间似乎很长，我开始冥思爱德华的一生。他的一生饱经磨难。一开始，他必须忍受贫穷和世人的冷漠，在取得了一定成就之后，必须欣然面对任何意想不到的情况。他的成败取决于善变的大众。他任由想采访他的记者和想给他拍照的摄影师摆布，任由那些追稿的编辑和催缴所得税的税务人员摆布，任由请他吃午餐的上流人士和请他演讲的秘书摆布，任由想嫁给他的女人和想跟他离婚的女人摆布，任由想要他签名的年轻人摆布，任由许多其他人的摆布，比如想要角色的演员和想要借钱的陌生人，想要征询婚姻建议的热情女性和想得到指点的态度认真的年轻人，还有经纪人、出版商、经理、崇拜者、评论家和他自己的良心。但他也得到了补偿。无论是什么心事，哪怕是扰乱思绪的反思、好友去世的悲痛、没有回报的爱、自尊心受伤，或是因那些曾受他善待

第二十六章

之人的背叛而感到愤怒,简而言之,任何情绪或任何令他无法平静的想法,只要他白纸黑字地写下来,用作故事的主题或文章的点缀,就可以忘得一干二净。他是唯一自由的人。

罗茜挂断了电话,看向我。

"是我的一位朋友打来的。我今晚要去打桥牌,他打电话来说他会开车来接我。他是意大利人,但人真的很好。他以前在纽约市中心经营一家大杂货店,但现在退休了。"

"罗茜,你没想过再婚吗?"

"没有,"她笑着说,"并不是没有人向我求婚。我一个人过得很痛快。我是这样想的,我不想嫁给一个老头子,在我这个年纪嫁给一个年轻人简直太荒谬了。我已经度过了一段欢乐时光,准备就这样收场了。"

"你为什么要和乔治·坎普私奔?"

"我一直喜欢他。我早在认识爱德华之前就认识他了。当然,那时我从没想过有可能嫁给他。他已经结婚了,而且他还要考虑自己的身份。后来有一天他来找我,说一切都出了问题,他破产了,几天后会有逮捕令通缉他。他要去美国,问我能不能和他一起去。我能怎么办呢?他以前总是那么高贵,住自己的房子,坐自己的马车。而现在他可能已经没有钱了,我不能让他一个人去那么远,我并不害怕工作。"

"有时候，我觉得他是你唯一在乎的那个人。"我说。

"的确可以这么说。"

"我想知道，你看上他哪一点了。"

罗茜看向墙上的照片，不知为何我竟没有注意到。那是一张放大了的乔治勋爵的照片，镶在镀金的雕刻框里。这张照片看起来像他刚到美国不久后拍的，也许是他们刚结婚的时候。那是一张大半身照片。照片上，他穿着一件长礼服外套，扣得紧紧的，一顶高高的丝质帽子潇洒地歪戴在一边，纽扣孔里插着一朵大玫瑰。他一只胳膊下夹着银质的拐杖，右手拿着一支大雪茄。他留着浓密的八字胡，末梢还上了蜡，眼睛里流露出粗鲁的神情，带着傲慢的神气。他的领带上系着一枚镶有钻石的马蹄形别针。他看上去就像一位穿着最好的衣服去参加德比赛马的酒吧老板。

"我可以告诉你，"罗茜说，"因为他一直是位完美的绅士。"

后记

目前美版《寻欢作乐》的封面上，毛姆的出版商印了以下段落：

酒吧女招待罗茜是不宜外扬的家丑，她对生活的热情把她情人的生活提升到了更高层次。

这种简洁的总结可能会让吹毛求疵的人觉得小说中的某些细节没有得到详细解释。即使对这些脚注不太挑剔的编者，也会觉得意犹未尽。当然，在1930年这本书首次出版时，人们对此议论纷纷。据我所知，争论最激烈的一点就是——《寻欢作乐》中展现的讲故事的艺术，这本书成为我们这个时代语言中无与伦比的杰作。

鲍斯韦尔的《约翰逊博士传》刚出版时，似乎成为时下热议的话题，展现了人性的特点，甚至轰动一时，在激烈争论之后，被许多人视为并非毫无价值的传记。在某种程度上，《寻欢作乐》特别是在伦敦——也以同样的方式迅速被认定为纪实小说，因此引起了许多人的愤慨、担忧和恶意的嘲笑，以至于有一段时间，我们忽视了小说惊人的写作技巧和文字魅力。德里菲尔德凭借长寿而在文坛声名鹊起，这当然不可避免地会让人想起托马斯·哈代，英国文学界的惠芬夫人，就在两年前，他被安葬于威斯敏斯特教堂，他的心脏被取出并埋葬在别处。因此，哈代的朋友们悲痛万分，他们担心不了解情况的读者可能会认为爱德华·德里菲尔德的个人生活——尤其是早年不体面的欺诈行为——也在模仿哈代。毛姆先生刻画的阿尔罗伊·基尔这一形象，所有自作聪明的人都知道指的是谁。的确，一位英国小说家的朋友们很快意识到了他是这个角色的灵感来源，并仔细观察了这位小说家几个月，尽管我不确定他们是担心他会伤害自己还是伤害毛姆先生。最后，"A.瑞珀特"的名字出现了，这明显是个假名，后来有人信誓旦旦地说这就是埃莉诺·莫丹特，之前他并未参与关于这本书的讨论，但在第二年，他匆匆写出了一部名为《一杯苦酒》的小说准备出版。小说的核心人物——说来也奇怪，也是个小说家——是一个不择手段、粗鲁的机会主义者，被描绘成在帝国的各个前哨站行为不端的人。如果说这是为了抚慰那些被《寻欢作乐》激怒的人，那么事实证明，这本书并没有发挥作用，而A.瑞珀特虽然怀有恶意，但在其他方面却毫无能力。在体育界，这就像选

后记

集的编辑让邓普西(美国拳击运动员)脱掉外套一样没有任何影响。

《寻欢作乐》中的一部分让我相当困惑。作为《月亮与六便士》《汤普森小姐》《人性的枷锁》和许多成功戏剧的作者,人们可能会认为,毛姆获得了一切回报,比如名声、评论界的赞赏、丰厚的资金回报,这是作家一生的追求。但在所有令《文苑外史》激动的话题中,《寻欢作乐》像马克斯韦尔·博登海姆所写的一样,充满心照不宣和郁积的怨恨。

顺便说一句,毛姆先生几年前沉迷于他的选集《旅行者的图书馆》。当时,我给他发电报,要求他授权《寻欢作乐》,乔治·S.考夫曼散布了毫无根据的谣言,说我想让毛姆先生同意把他的选集收录进我的选集。真要是这样的话,我的任务就简单多了。

最后,我要表达对《寻欢作乐》的钦佩之情。这本书在虚实之间穿梭跳跃,所有对比鲜明的环境焕发出不可思议的艺术——牧师住宅、德里菲尔德夫妇在黑马厩镇的住处、哈德森太太的出租屋,尤其是为了神化罗茜而在扬克斯设计的华丽装饰——我绝不是让大家以为我赞同了毛姆先生在某些地方用了"推断"的技巧来代替"暗示"。

A·W